Franz Freisleder

Meine Münchner Kindheit

Franz Freisleder

Meine Münchner Kindheit

Fliegeralarm, Pferderennen und Schwarzmarkt

rosenheimer

Besuchen Sie uns im Internet unter
www.rosenheimer.com

Titelfoto: © Stadtarchiv München / Richard Bauer
Alle Fotos in diesem Buch und das Autorenfoto auf der Buchrückseite stammen aus dem Privatbesitz des Autors.
Lektorat und Satz: VerlagsService Dr. Helmut Neuberger & Karl Schaumann GmbH, Heimstetten
Druck und Bindung: CPI Moravia Books s.r.o.
Printed in Czech Republic

ISBN 978-3-475-54150-6

Inhalt

Und deutsch ist unser Frusselsack …

»Deutsch ist die Saar / deutsch immerdar / und deutsch ist unseres Flusses Strand …« 1935 ist das zu allen Tages- und Abendzeiten immer wieder im Radio zu hören. Man feiert die im Februar dieses Jahres erfolgte »Heimkehr des Saarlandes ins Reich«. Wenn die Soldaten durch die Münchner Stadt marschieren – und das geschieht in dieser Zeit gar nicht so selten – dann stimmen auch sie häufig diesen Triumphgesang an, ganz zu schweigen von den SA- und Hitlerjugendformationen, für die er »der« Jahres-Hit ist (aber so hat man damals natürlich noch nicht gesagt). Sogar für mich, den vierjährigen Knirps, wird dieses Lied quasi zum Einstieg ins politische Leben. Denn auch Tante Tine im städtischen Kindergarten am Elisabethplatz ist offenbar angehalten, es uns Kleinen beizubringen – was mich betrifft, allerdings mit nur mäßigem Erfolg. Weil ich weder den Text, noch den Sinn des Liedes so recht kapiere, singe ich so, wie ich zu hören glaube: »Deutsch ist die Saar / deutsch immerdar / und deutsch ist unser Frusselsack …«

Meine Stimme geht im Kindergartenchor wohl unter, und bei mir daheim amüsiert man sich so über meine Wortschöpfung, dass mich ebenfalls niemand aufklärt. Was sie bedeuten könnte, hat mich nicht weiter interessiert. Rückblickend und symbolisch betrachtet, könnte ich sogar sagen: so ein Frusselsack-Empfinden war mir auch in den restlichen zehn Jahren des »Tausendjährigen Reiches« manches Mal hilfreicher Impfstoff gegen das pathetisch-aggressive Nazi-Gebaren, dem man ausgesetzt war. Verstärkt wurde die Wirkung dann durch eigene Erfahrungen und Erlebnisse, die mir den Blick für die Umstände, unter denen man unter der braunen Herrschaft lebte, mehr und mehr schärfte – auch wenn es nur ein Blick aus der Schulbuben-Perspektive war.

Davon will ich in diesem Münchner Erinnerungsbuch erzählen. Es geht hier also nicht um eine mehr oder weniger komplette Autobiografie meiner Kinder- und Jugendzeit. Versuchen will ich allerdings, durch die Schilderung selbst erlebter Umstände und Ereignisse, aber auch eigener Verhaltensweisen – gewisse Gespaltenheiten, Ablenkungs- und Verdrängungsmechanismen eingeschlossen – etwas von der politischen Atmosphäre im München jener Zeit der jüngeren Generation zu vermitteln. Es leben ja nicht mehr allzu viele lokale Zeitzeugen – das trifft besonders auf die beiden letzten Kriegsjahre und die erste Nachkriegszeit zu, in denen die meisten Münchner Kinder evakuiert waren.

Keine Lust auf Knäckebrot

Eine erste innere Renitenz gegenüber Parolen ist mir ebenfalls noch aus der Kindergartenzeit in Erinnerung: Das Knäckebrot kommt in Mode, und aus Gründen der »Volksgesundheit« wird es offiziell empfohlen. Mir aber ist es zu hart, zu trocken, zu fad. Eine salzige Brezn, ein remisches Weckerl mit Kümmel drauf oder eine Mohnsemmel – das alles gibt es im Bäckerladen meiner Eltern Ecke Arcis-/Georgenstraße – die schmecken da schon ganz anders! Auch die Kindergärtnerin, die meine verehrte Tante Tine einige Wochen zu vertreten hat, will

Vor der Elisabethschule am ersten Schultag 1937

uns eines Tages für das Knäckebrot begeistern. Dabei sagt sie: »Und die Kinder, bei denen es so richtig knackt, wenn sie in Zukunft ihr Pausenbrot essen, die sind mir die liebsten.« Jetzt mag ich sie alle beide nicht mehr: das Knäckebrot und die »Aushilfs-Tante«.

Vom Tambourmajor begeistert

Man sollte aus derlei Begebenheiten nicht schließen, dass ich generell ein kleiner Nonkonformist gewesen wäre. Ich hatte zum Beispiel durchaus ein Faible für das Militärische, wenn es mit Glanz und Gloria daherkam. Angeregt wird die Begeisterung wohl durch die Uniformstücke, Orden, Säbel und Helme, die mir mein Großvater immer wieder zeigen muss, wenn wir ihn in der Neuhauser Albrechtstraße besuchen. 1869 geboren, hat er einst als Artillerist, dann als königlich bayerischer Hartschier gedient und ist 1929 als Hauptmann der Bayerischen Landespolizei in Pension gegangen. Von ihm und der Großmutter – es waren die Eltern meiner Mutter – bekomme ich auch die ersten Lineol- und Elastolin-Soldaten nebst Ritterburg mit Zugbrücke; und einmal ein Schürzchen, das – mit Silberknöpfen bestückt – eine Ulanenuniform imitiert. Der Opapa bastelt mir dazu aus silbernem Staniolpapier eine Schifferlmütze. So uniformiert laufe ich des Öfteren ein Stück neben den Soldaten her, wenn sie, vom Kasernenviertel kommend, durch die Georgenstraße in Richtung Leopoldstraße ziehen – voraus meistens ein berittener Offizier, dann der Tambourmajor, der ab und zu – was natürlich besonders bewundernswert ist – seinen Stab in die Luft wirft und geschickt wieder auffängt. Dahinter folgen die Trommler und Pfeifer und schließlich der Musikzug, der immer dann einsetzt, wenn Trommeln und Pfeifen verstummen. Gern erfüllt man mir meinen Wunsch, auch so eine Trommel und einen Tambourstab zu besitzen. In jedem größeren Spielwarengeschäft – ob Obletter, Wiedling, Wahnschaffe oder Schmidt – werden solche Attribute angeboten. Wenn jedoch die SA marschiert, lockt mich das nicht heraus. Es reicht, dass der Großvater sagt, das seien keine gescheiten Soldaten. Später, als er nach dem Tod der Großmutter 1936 zu uns zieht, habe ich oft Gelegenheit, von ihm zu erfahren, warum er diese Ansicht vertritt. Ich will ihm in dem Zusammenhang noch ein eigenes Kapitel widmen.

»Kampf dem Verderb«

In der Volksschule – das erste Jahr noch in der Elisabethschule, die man 1938 zur Berufsschule umwandelt, dann bis 1941 in der Schwind-Schule – bekomme ich, vielleicht auch dank neutraler Lehrer, nur wenig vom »neuen Geist« zu spüren. Die Lehrer sind jeweils ältere Herren, die nicht mehr lange auf ihre Pensionierung warten müssen. Zunächst ist es der fast immer heitere Lehrer Seewald, der uns den ersten Schultag gleich mit einer bunten Osterhasenszene schmackhaft macht, die er auf die Tafel malt. Für einen Elternabend freilich müssen auch schon wir Kleinen neben dem unverdächtigen Lied »Fidelhänschen geig' einmal« noch als »das Fett«, »das Brot« und »das Fleisch« verkleidet, eine Szene spielen, die unter dem Motto »Kampf dem Verderb« steht.

In der Schwind-Schule ist es dann Herr Elsner, der seine Güte hinter einem dichten Rauschebart versteckt. Nachdem er die Klasse wieder abgegeben hat, lädt er uns in kleinen Gruppen zu sich nach Hause in die Horscheltstraße ein. Dort holt er mit einer Winde seine raumfüllende, selbst gebastelte elektrische Eisenbahn samt Landschaft von der Zimmerdecke herunter und setzt sie vor den staunenden Kinderaugen in Betrieb. Schließlich folgt der etwas nervös-schusselige Lehrer Geiling, der uns gern Aufsätze schreiben oder – zur Vorbereitung auf den Übertritt in eine höhere Lehranstalt – Textaufgaben lösen lässt. Auf diese Weise hat er mehr Ruhe, die Hefte zu korrigieren, die sich auf seinem Pult stapeln. Er bringt sie häufig aus einer Kaufmannsschule mit, an der er ebenfalls unterrichtet. Obwohl ich einmal ein paar Tatzen von ihm kassiere, weil ich aus irgendeinem Grund nicht mehr aufhören kann zu lachen, bleibt er mir sympathisch. Denn, ich muss bei ihm nur den Finger heben und zu ihm sagen, »Herr Lehrer, ich wüsste ein Gedicht« – und schon darf ich mich auf eine hintere Bank absentieren und mit dem Schreiben beginnen. Auf diese Weise entstehen im vierten Volksschuljahr vier Jahreszeiten-Gedichte, von denen ich nur mehr die ersten vier Zeilen des Frühlingsgedichts in Erinnerung habe: »Der Frühling kommt ins Land gezogen / mit vielen Freuden kommt er her/ auch mancher Wind kommt angeflogen / und manche Wolke, groß und schwer ...«

»Das ist der neue Rhythmus ...«

Außerhalb der Schule registriere ich in diesen letzten Friedensjahren zunächst noch manches von der Glanzseite des »neuen Geistes«. Wie lautet doch der Refrain in einem Couplet, das ein schwarz befrackter Sänger bei irgendeiner Nachmittagsveranstaltung, zu der mich die Eltern mitnehmen, schmettert? Ein Ohrwurm, dem manche Erwachsene bald ein mehrdeutiges »Ja mei« voransetzen, wenn sie daraus den Satz zitieren: »Das ist der neue Rhythmus / mit dem ein jeder mit muss!« Und auch ich bekomme schon etwas zu spüren von der allgemeinen Freude über das Ski-Ass Christl Cranz und das Eislauf-Paar Maxi Herber/Ernst Baier, die bei den Olympischen Winterspielen 1936 in Garmisch-Partenkirchen Gold für Deutschland holen. »Da hat auch die Maxi Herber schon als ganz kleins Mädel immer geübt«, erzählt mir die Mutter, wenn wir beim sonntäglichen Winterspaziergang dem lustigen Eislauf-Völkchen auf dem gefrorenen Kleinhesseloher See zuschauen. Mit ihr darf ich eines Nachmittags auf dem Flughafen Oberwiesenfeld sogar zum Rundflug in die »Kindermöwe« steigen – eine JU 52, die eine knappe halbe Stunde über der Stadt und dem Alpenvorland kreist. Erwachsene zahlen zehn, Kinder fünf Mark. Besonders imponiert mir der Blick von oben auf den Starnberger See. Wiederholt erscheint mir die Szenerie noch Monate nach diesem Abenteuer im Traum.

Ende September 1938. Obwohl sich das große Ereignis in unserer Arcisstraße abspielt – wenn auch ganz »droben«, wo sie beginnt – bekomme ich von dem Riesenrummel rund um das »Münchner Abkommen« außer den vielen Fahnen in der Stadt nichts zu sehen. Auch sind meine Eltern nicht unter den Tausenden, die sich rund um den von SS-Posten abgesperrten »Königlichen Platz« – so der neue Name – versammeln, um den Staatsmännern zuzujubeln. Dazu hätten sie auch gar keine Zeit. Wohl aber registriere ich bei ihnen die Erleichterung darüber, dass sogar England und Frankreich der Einverleibung des Sudetenlands zustimmen, dass es offenbar doch nicht zu dem von ihnen befürchteten Krieg kommt. »Daladier, sei so nett, zeig' dich mal am Fensterbrett!«, habe eine Menschenmenge immer wieder vor dem Hotel Vier Jahreszeiten skandiert, erzählen sie mir. Und überall spielt man jetzt den »Egerländer Marsch«. Sogar der Vogel-Jakob serviert ihn mit einer ausgeleierten Schallplatte auf der Auer Dult. Weiß der Teufel warum – ich hab' das Gekratze von diesem Marsch noch heut' im Ohr.

Auch von den großen Festzügen zum »Tag der deutschen Kunst« – 1937, 1938 und 1939 – krieg' ich selbst keinen zu sehen. Aber auf dem Stachus verkauft man an einem eigens aufgebauten Kiosk besonders attraktive Teile dieses Zugs in Form von Zinnfiguren. Gern hätte ich wenigstens so einen prunkvollen »Sonnenwagen« oder den »Mondwagen« besessen, wie einer meiner Freunde. Doch leider heißt es daheim: »Ah geh, des is doch a Krampf.« Und die Figuren sind auch viel teuerer als die »Kieler Zinnsoldaten«, von denen ich einige Schächtelchen besitze, darunter den »Alten Fritz« mit seiner Garde. Komplett, sagt man mir, koste so eine vollständige Festzugs-Garnitur weit über hundert Mark.

Apropos Festzug: In der Brienner Straße sehe ich 1939 den letzten Faschingszug vor dem Krieg. »Regentropfen, die an dein Fenster klopfen / das merke dir / sie sind ein Gruß von mir«, tönt es immer wieder aus den Lautsprechern. Es ist der Schlager der Saison. Und »der« Lacherfolg beim Publikum ist ein Wagen mit einem riesigen, wohlbeleibten Pappmaschee-Münchner samt Dackel. In regelmäßigen Abständen tönt es aus seinem Mund, zunächst ausgesprochen gemütlich, »Griass Goood« ... »Hawedieeeehre« und wechselt dann unversehens in ein kurz und scharf herausgestoßenes »Heil Hitler!«. Dazu schnellt der rechte Arm der Figur rasant und zackig nach oben. Dass der »neue Rhythmus« so frech auf den Arm genommen wird, empfinden viele Zuschauer schon als ganz schön mutig – und klatschen begeistert.

Christian Weber wird rabiat

Mit der Mutter in der Maximilianstraße unterwegs, bestaune ich irgendwann im August 1938 über dem Eingang zu den Kammerspielen riesige, goldfarbene Pferdeköpfe. »Schaugt's in den Hof hinter, da sitzen die

Schauspieler grad auf'm Gaul und reiten im Kreis rum«, verkündet ein Mann. Gern würde ich nachschauen, ob vielleicht dieser Willem Holsboer mit dabei ist, der mich im letzten Winter als Maikäfer Sumsemann in »Peterchens Mondfahrt« so begeistert hat. Oder die Gundel Thormann, die das Peterchen gespielt hat, und von der ich gar nicht glauben wollte, dass es sich in Wahrheit dabei um ein Mädchen handelt. Doch die Mama winkt ab. Ihr pressiert's.

Aber warum denn überhaupt Pferdeköpfe an dieser Stelle? Die Kammerspiele sind doch nicht das Hippodrom! Es sind die Tage, an denen Christian Weber, vormals Rossknecht und Hausl im »Blauen Bock«, der, wie die Leute sagen, beim »Marsch zur Feldherrnhalle« 1923 schützend vor Hitler gesprungen sein soll, wieder einmal für das »Braune Band von Deutschland« die Werbetrommel schlagen lässt. Es handelt sich dabei um das von ihm kreierte, höchstdotierte internationale Galopprennen Deutschlands. Weber gehört zu den Nazi-Rabauken, die 1933 die gewählten Stadträte von SPD und Bayerischer Volkspartei aus dem Rathaus geprügelt haben. Er ist nicht nur Präsident des Münchener Rennvereins in Riem, sondern auch SS-Brigadeführer, Präsident des Kreistags München-Oberbayern, Ratsherr der »Hauptstadt der Bewegung« und Leiter des Münchner Ausstellungsparks sowie des Deutschen Jagdmuseums. Der seiner Brutalität wegen gefürchtete Prolet wird aber auch oft bespöttelt – nicht zuletzt als »Erfinder« der kitschig-frivolen »Nacht der Amazonen« im Nymphenburger Park, wozu ihn das Pariser Folies-Bergère animierte. Weil er um diese Zeit auch eine Art Ober-Aufsicht über die Kammerspiele im Schauspielhaus hat, benützt er sie dazu, dort die Aufführung eines Stücks mit dem Titel »Das braune Band« für dieses Turf-Ereignis anzuordnen. Deshalb auch die auffallenden goldfarbenen Rossköpfe vor dem Theater.

Richtig aufregend – und das nicht nur für mich – ist jedoch im Spätsommer 1939 ein Ereignis auf der Galopprennbahn in Riem, das ebenfalls im Zusammenhang mit besagtem Christian Weber steht. Ich darf Großvater und die Eltern dorthin begleiten. Der »Deutsche Alpenpreis« steht auf dem Programm. Er gilt als das bedeutendste deutsche Hindernisrennen und schließt jeweils die alljährliche Braune-Band-Woche ab. Zum letzten Mal für lange Zeit sitzen Angehörige des Diplomatischen Corps aus den europäischen Nachbarländern in den Ehrenlogen. Angespannte Stimmung. Der Kriegsbeginn scheint schon in der Luft zu liegen.

An der Steinmauer, nahe der Haupttribüne, kommt der aus der Schweiz entsandte Schimmelwallach Le Rex zu Fall und bricht sich ein Schulterblatt. Weber, der mit seinem Schmerbauch und der weißen Uniformjacke wie ein Westentaschl-Göring in der Königsloge thront, schickt seinen Adjutanten auf das Geläuf hinunter – wie sich zeigt mit dem Auftrag, das Pferd zu erschießen. Es kracht einmal, zweimal, dreimal – doch das Tier fällt nicht um. Pfiffe und Buhrufe wachsen zum Orkan an. Als Retter der Situation ergreift kurzerhand Wehrmachts-Veterinärarzt Dr. Volkmann mit der linken Hand das Kopfgestell des Schimmels, hält mit der rechten seine Pistole an dessen Schläfe und drückt ab. Le Rex bricht sofort tot zusammen und wird abtransportiert. Der erfolglose Adjutant kehrt zu seinem Platz zurück. Sein Chef hat sich ebenfalls von seinem Logenplatz

Schon 1938: Höhepunkt eines jeden Besuchs bei den Großeltern in Windach war ein Ritt auf Opas »Waglross«.

erhoben und auf den Weg gemacht. Mitten auf der Bahn, direkt vor dem Zielrichterhaus, treffen beide zusammen. Der Unglücksrabe steht stramm. Weber reißt ihm vor Tausenden von Zuschauern beide Achselstücke ab und wirft sie ihm vor die Füße. Schlimmere Folgen scheint das Ereignis für den erfolglosen Schützen aber dann doch nicht gehabt zu haben. Schon ein paar Wochen später sehe ich ihn wieder in Daglfing unter dem Rennbahnpublikum – allerdings in Zivil.

Übrigens hat jener berüchtigte Christian Weber sogar noch im Frühjahr 1945, wenige Stunden vor dem Einmarsch der amerikanischen Truppen in München, einen Mord auf sein Gewissen geladen. Sein letztes Opfer war Hans Scharrer, der Hausinspektor im Rathaus. Wie ich seinerzeit aus der allerersten Nummer der »Süddeutschen Zeitung« vom 8. Oktober 1945 erfuhr, wurde Scharrer am frühen Morgen des 29. April vom Nachtwächter geweckt. Ein Offizier mit einigen Soldaten – Angehörige der »Freiheitsaktion Bayern« (FAB) – fahndeten nach Weber, um ihn, wie sie bekundeten, »im

Auftrag des Generalkommandos und des Reichsstatthalters von Epp« zu verhaften. Seit sein Büro in der Residenz zerstört war, hatte sich der »Herr Präsident« in einem Rathaus-Büro einquartiert. Wohl wissend, dass er dort auch übernachtete, führte der Hausinspektor die Soldaten zu ihm. Die Abordnung nahm Weber fest, um ihn mit dem Auto ins FAB-Hauptquartier nach Erding zu bringen. Doch unterwegs traf man auf eine schwerbewaffnete SS-Abteilung und musste den Gefangenen wieder laufen lassen. Wutschnaubend zurückgekehrt, ließ Weber nun den Hausinspektor festnehmen, in die Räume der Gauleitung an der Brienner Straße verbringen und dort von einem Volkssturm-Mann ohne jede Anhörung erschießen.

Wenige Wochen später, in der Nacht vom 10. auf den 11. Mai 1945, stürzte einer von 16 Lastwagen eines Konvois mit gefangenen Parteifunktionären kurz vor Heilbronn eine Böschung hinunter. Unter denen, die das Unglück nicht überlebten, war auch Christian Weber.

Zwei Gelbe Sterne

Als ich damals in Riem erlebte, wie ein brutaler brauner Bonze mit seinen Untergebenen umgeht, hatte ich schon eine erste viel schlimmere Erfahrung von Nazi-Gewalt – in diesem Fall gegen unschuldige Mitbürger – hinter mir: Am Nachmittag des 9. November 1938 stehe ich mit meiner Mutter vor dem verwüsteten Kaufhaus Uhlfelder. Glassplitter brechen unter meinen Füßen. Verstört blicke ich auf die Trümmer. Der Uhlfelder! Irgendetwas hatte meine Mutter dort auf ihrem wöchentlichen Stadtgang, bei dem sie mich immer mitnahm, stets zu besorgen. Für mich fiel dann oft ein kleines Spielzeug ab. Höhepunkt aber war die Fahrt mit der Rolltreppe, der ersten, die es in einem Münchner Kaufhaus gab. »Ja, da ist etwas Unfassbares geschehen«, sagt die Mutter. »Das wird sich einmal bitter rächen.« Und ich soll mir gut anschauen, was ich hier sehe.

Noch mehr bewegt mich drei Jahre später eine Szene, die ich aus der Tram-Linie 6 beim Vorüberfahren auf meinem Heimweg vom Ziehharmonika-Unterricht beobachte. Auf dem Platz vor der Erlöserkirche, wo die Trambahn ihr Tempo etwas drosselt, weil sie von der Ungererstraße in die Danziger Freiheit (heute Münchner Freiheit) einbiegt, haben drei oder vier Halbwüchsige zwei jüngere Buben umzingelt, schubsen sie herum, treten auf sie ein, verteilen Kopfnüsse, lassen sie nicht entkommen. Die zwei schmächtigen Kleinen, offenbar Brüder, tragen grüne Lodenmäntel, aus denen sie sichtlich herausgewachsen sind. Als ich sie von vorn sehe, blicke ich in zwei verängstigte, blasse Gesichter – und auf zwei aufgenähte gelbe Davidsterne.

Nun waren mir Rüpeleien von Großen gegenüber Kleineren aus eigener Erfahrung durchaus nicht unbekannt. Doch wenn Erwachsene auftauchten, war man normalerweise gerettet. Die gar nicht wenigen Erwachsenen aber, die an diesem Nachmittag hier unterwegs sind, gehen, so lange ich das von der Trambahn aus sehen kann, allesamt achtlos vorüber. Verstört setze ich meinen Heimweg fort. Das Ereignis prägt sich mir unvergesslich ein. Noch heute tauchen jedes Mal, wenn ich an der Erlöserkirche vorbeikomme, die beiden verstörten Buben vor mir auf. Und ich hoffe dann immer sehr, dass die Quälerei von damals für sie nicht der Anfang von einem tragischen Ende war.

Mehlvertreter und Weiß-Ferdl-Witze

Schon als Kind lerne ich, wo man »was sagen darf« und bei wem man aufpassen muss, dass man nicht »hingehängt« wird. Das ist schon im Frieden wichtig, aber als im September 1939 der Krieg ausbricht, kann eine falsche Bemerkung den Kopf kosten. Nicht vorsichtig sein muss man zum Beispiel bei den Mehlvertretern, die Weiß-Ferdl-Witze erzählen, wie sie der Volkssänger angeblich im »Platzl« zum Besten gegeben hat. Zwei davon fallen mir noch ein: »Achtaneinzg Prozent ham bei der letztn Wahl wieder mit ›Ja‹ gstimmt, hab' i glesn«, soll er da einmal gesagt haben, »komisch, aber wo i hikumm, triff i auf die andern zwoa Prozent ...« Oder: Der Weiß Ferdl betritt stöhnend die Bühne und sagt, während er sich abwechselnd die Wadl und den Kopf reibt: »Naa, Leit, i kon heit ned auftretn – bei dem Krampf ... und dem Schwindel ...«
Kurz nach Kriegsbeginn erlebe ich den Weiß Ferdl einmal selbst. Die Eltern nehmen mich zu einer Sonntagnachmittagsvorstellung ins »Platzl« mit. An den genauen Text kann ich mich natürlich nicht mehr erinnern, wohl aber an die Szene: Weiß Ferdl erscheint im langen weißen Hemd, in der Hand einen geknickten Palmenzweig, und klagt über seine Erlebnisse als Friedensengel, der in diesen Tagen von seiner Säule über der Prinzregentenstraße heruntergestiegen ist. Als Schlusspointe

der Nummer, die mit einem Couplet endet, berichtet er dann von einem strammen Uniformierten, der sich über den Kerl mit seinem langen weißen Hemd und den goldenen Flügeln, der hier gerade vor dem Siegestor herumsteht, mokiert und losschnarrt: »Der Mann jehört zum Arbeitsdienst!« Erlösendes Lachen und Beifall kommen jedoch erst in Schwung, nachdem sich die Leute an den Tischen gegenseitig prüfend angeschaut haben, ob da nicht jemand drunter ist, vor dessen Angesicht man jetzt besser nicht lacht.
Es gibt auch Mehlvertreter, die keine Weiß-Ferdl-Witze erzählen. Einer von ihnen heißt Meier. Vielleicht schreibt er sich auch mit ai, mit ay oder mit ey. Was weiß ich. Wohl aber fällt er mir auf, weil er uns gern mit dem Ausruf »Da Meier Großdeutschland is wieder da!« begrüßt. Was sich hinter einem, der so witzelt, verbergen kann, beobachte ich einmal Anfang der Vierzigerjahre: Regelmäßig kommt um diese Zeit auch noch der Herr Stiefel zu uns, ein zwangsweise entlassener jüdischer Mehlvertreter, der aber »unter der Hand« weiter von seinem früheren Arbeitgeber beschäftigt wird. Sein Tätigkeitsfeld beschränkt sich allerdings auf jene alten Kunden, denen er vertrauen kann. Auch er muss den gelben Stern tragen, doch weil ihm im Ersten Weltkrieg das Eiserne Kreuz verliehen worden ist und er großes Glück hat, bleibt er bis Ende 1944 vor dem KZ verschont – und überlebt schließlich den Holocaust. Der Herr Stiefel also ist wieder einmal bei uns in der Bäckerei, und mein Vater bestellt bei ihm wie gewohnt zehn Sack Mehl.
Ausgerechnet in diesem Moment kommt auch »Meier Großdeutschland« zur Tür herein, erkennt die Situati-

on und nützt sie gleich aus. Es wäre sicher für manchen interessant zu erfahren, meint er mit hämischem Grinsen, was er hier gerade mitbekommen habe – aber er wolle ja nicht so sein – wenn mein Vater bei ihm jetzt ebenfalls eine ordentliche Bestellung aufgebe. Die nötigen Bezugsscheine könne man ja nachliefern, wenn sie jetzt ausgegangen seien. So geschieht es dann auch – »der Not gehorchend, nicht dem eigenen Trieb …«. Der Herr Stiefel kommt zwar weiter zu uns, aber nur mehr über einen Hintereingang im Hof, der gleich in die Keller-Backstube führt. Mehl darf er bald keines mehr anbieten.

Sein früherer Arbeitgeber bekommt Schwierigkeiten. Dafür ist Stiefel, für den die Situation immer brenzliger wird, nun seinerseits regelmäßiger Abnehmer von Brot, Semmeln und anderem Gebäck, das ihm die Eltern zustecken – ohne Marken, versteht sich. Als er uns nach dem Krieg besucht, gibt es immer noch Marken – doch die sind jetzt zum Glück nicht mehr sein Problem.

»Meier Großdeutschland«, der Erpresser, ist mir seit dem geschilderten Vorfall, den ich ja miterlebt habe, natürlich besonders unsympathisch. Umso mehr freut es mich, dass ich ihn einmal mit einer flapsigen Bemerkung offensichtlich ärgern kann. Bei seinen Besuchen pflegt er lautstark zu schwadronieren, besonders gern von seiner Zeit im Ersten Weltkrieg an der französischen Front. Und als er im Gespräch äußert, er habe beim Train gedient, werfe ich ein: »Ah, des sind doch die, von denen mein Opa immer sagt: Der Train, der Train, der trägt die Waffen nur zum Schein!« Hatte Meier bislang gern auch ein Späßchen für mich parat, so bin ich fürderhin für ihn Luft.

Der Denunziant

Im September 1941 wird es für meinen Vater bitter ernst. Da kann er die Situation nicht mehr durch eine zusätzliche Mehlbestellung retten. Der Familie erzählt er zunächst monatelang nichts von seiner Bedrängnis. Wie er später sagt, habe er gehofft, dass die Sache doch noch im Sand verlaufen würde. Als dann aber im Januar 1942, kurz nach Weihnachten, eine Vorladung ins Kreisgericht der NSDAP an der Brienner Straße 49 ins Haus flattert, rückt er mit dem heraus, was geschehen ist – und versetzt damit nun auch die Familie in Angst und Schrecken.

Dem Vorfall sei vorausgestellt, dass mein Vater 1933 Parteimitglied wurde. Zum Teil mit geborgtem Geld hatte er 1930, gerade 25 Jahre alt, die Bäckerei in der Maxvorstadt abgelöst und gepachtet. Um die Rückzahlungskonditionen erfüllen zu können, reichte in diesen Jahren der großen Arbeitslosigkeit der Umsatz im Laden nicht aus. Durch Vermittlung des Großvaters, der aus seiner Militärzeit noch gute Verbindungen hatte, ergab sich die Möglichkeit, die Küche und zwei Kantinen der Kaserne an der Infanteriestraße zu beliefern. Nach der Machtübernahme hat man sie in Adolf-Hitler-Kaserne umbenannt – und meinem Vater mitgeteilt, man müsse künftig bei Lieferanten Parteimitgliedern den Vorzug geben. Seine Ware sei in Ordnung – aber wenn er weiter liefern wolle, dann solle er halt … Er wollte.

Nun zu der Vorladung, der ein »Eröffnungsbeschluss zur Hauptverhandlung am 27. Januar 1942 in den Räumen des Kreisgerichts München, Von-der-Tann Str. 3« folgt: Was war dem vorausgegangen? Am 26. September

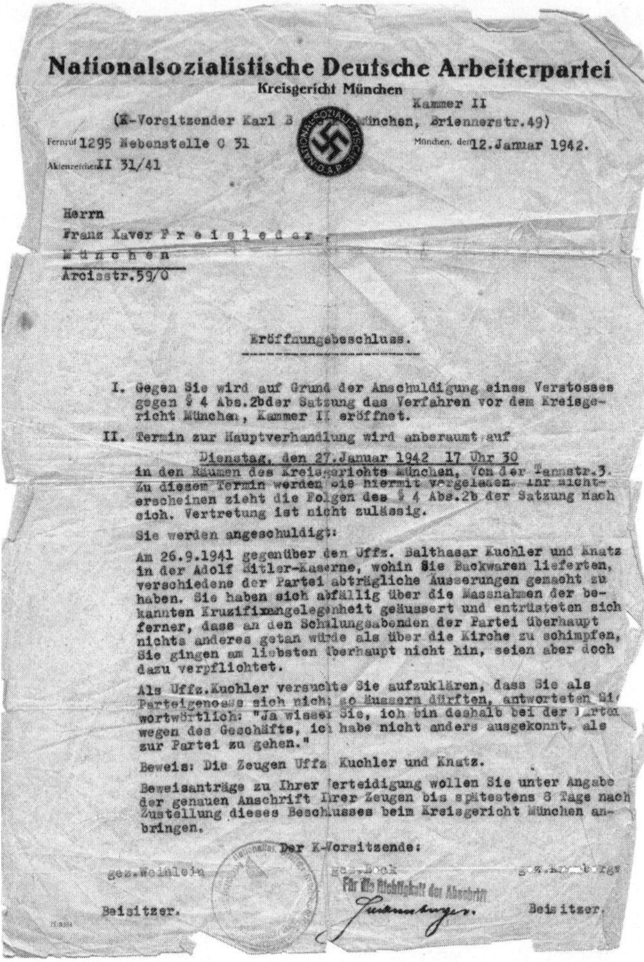

Nationalsozialistische Deutsche Arbeiterpartei
Kreisgericht München

Kammer II

(K-Vorsitzender Karl B[illegible] München, Briennerstr.49)

Fernruf 1295 Nebenstelle C 31 München, den 12. Januar 1942.

Aktenzeichen II 31/41

Herrn
Franz Xaver F r e i s l e d e r ,
M ü n c h e n
Arcisstr.59/0

Eröffnungsbeschluss.

I. Gegen Sie wird auf Grund der Anschuldigung eines Verstosses gegen § 4 Abs.2bder Satzung das Verfahren vor dem Kreisgericht München, Kammer II eröffnet.

II. Termin zur Hauptverhandlung wird anberaumt auf

Dienstag, den 27.Januar 1942 17 Uhr 30

in den Räumen des Kreisgerichts München, Von der Tannstr.3. Zu diesem Termin werden Sie hiermit vorgeladen. Ihr Nichterscheinen zieht die Folgen des § 4 Abs.2b der Satzung nach sich. Vertretung ist nicht zulässig.

Sie werden angeschuldigt:

Am 26.9.1941 gegenüber den Uffz. Balthasar Kuchler und Knatz in der Adolf Hitler-Kaserne, wohin Sie Backwaren lieferten, verschiedene der Partei abträgliche Ausserungen gemacht zu haben. Sie haben sich abfällig über die Massnahmen der bekannten Kruzifixangelegenheit geäussert und entrüsteten sich ferner, dass an den Schulungsabenden der Partei überhaupt nichts anderes getan würde als über die Kirche zu schimpfen, Sie gingen am liebsten überhaupt nicht hin, seien aber doch dazu verpflichtet.

Als Uffz.Kuchler versuchte Sie aufzuklären, dass Sie als Parteigenosse sich nicht so äussern dürften, antworteten Sie wortwörtlich: "Ja wissen Sie, ich bin deshalb bei der Partei wegen des Geschäfts, ich habe nicht anders ausgekonnt, als zur Partei zu gehen."

Beweis: Die Zeugen Uffz. Kuchler und Knatz.

Beweisanträge zu Ihrer Verteidigung wollen Sie unter Angabe der genauen Anschrift Ihrer Zeugen bis spätestens 8 Tage nach Zustellung dieses Beschlusses beim Kreisgericht München anbringen.

Der K-Vorsitzende:

gez.Weinlein gez.Bock gez.[illegible]

Für die Richtigkeit der Abschrift

Beisitzer. Beisitzer.

Eröffnungsbeschluss vom 12. Januar 1941 zur Hauptverhandlung vor dem Kreisgericht der NSDAP. Beschuldigt ist mein Vater wegen verschiedener, der Partei abträglichen Äußerungen in der Adolf-Hitler-Kaserne.

1941 kommt es bei einer der täglichen Brot- und Backwarenlieferungen zu einem Gespräch mit drei Unteroffizieren, bei dem man bald ins Politisieren gerät. In der Anklageschrift liest sich das so:

»Sie werden angeschuldigt: ... gegenüber den Uffz. Balthasar Kuchler und Knatz in der Adolf-Hitler-Kaserne, wohin Sie Backwaren lieferten, verschiedene, der Partei abträgliche Äußerungen gemacht zu haben. Sie haben sich abfällig über die Maßnahmen der bekannten Kruzifixangelegenheit geäußert und entrüsteten sich ferner, dass an den Schulungsabenden der Partei überhaupt nichts anderes getan würde, als über die Kirche zu schimpfen. Sie gingen am liebsten überhaupt nicht hin, seien aber doch dazu verpflichtet. Als Uffz. Kuchler versuchte, Sie aufzuklären, dass Sie als Parteigenosse sich nicht so äußern dürften, antworteten Sie wortwörtlich: ›Ja wissen Sie, ich bin deshalb bei der Partei wegen des Geschäfts; ich habe nicht anders ausgekonnt, als zur Partei zu gehen.‹«

Die »Kruzifixangelegenheit« bezieht sich auf einen Erlass des bayerischen Gauleiters und Kultusministers Adolf Wagner, demzufolge Ende des Schuljahres 1940/41 die Kreuze aus den Klasszimmern entfernt werden sollten. Das führt in München, mehr noch aber auf dem Land zu wütenden Protesten. Im Wilhelmsgymnasium zum Beispiel hängen Schüler während der Ferien heimlich wieder Kruzifixe auf und bekennen sich später ohne Umschweife zu der Tat. Zunächst vom Unterricht ausgeschlossen, erhalten sie dann aber doch »nur« eine Direktoratsstrafe.

Auch mein Vater kommt für die damalige Zeit unglaublich glimpflich davon. Bei den Vorvernehmungen zieht zwar der Anzeige-Erstatter Kuchler noch einmal kräftig gegen ihn vom Leder, der ebenfalls an dem Gespräch beteiligte Unteroffizier Knatz wiegelt jedoch eher ab. Und der dritte Mann hat schon vorher angegeben, sich vorzeitig aus der Runde entfernt zu haben. Der Kammervorsitzende Karl Bock, dem erkennbar nicht an einer Eskalation gelegen ist, nimmt nur die von Kuchler und Knatz beiderseits bestätigten Äußerungen in die Anklageschrift auf. Wäre auch noch die Kritik an der Jugenderziehung und an der Behandlung der Juden erwähnt worden, hätte selbst er als Richter einen Ausschluss aus der Partei nicht verhindern können, lässt Bock später meinen Vater wissen. Eine Weiterleitung des Verfahrens an das Gaugericht und damit eine Anklage wegen »Wehrkraftzersetzung« mit all ihren Folgen wäre dann unausweichlich gewesen.

Obwohl er meinen Vater bei der Verhandlung als »bekannten Meckerer« bezeichnet, lässt auch Ortsgruppenleiter Wimmer seine ursprüngliche Forderung nach Parteiausschluss fallen und gibt sich mit der von Richter Bock ausgesprochenen »strengen Verwarnung« zufrieden. Allerdings beharrt er auf einem Zusatz, wonach der Angeklagte künftig als Blockwart in der Partei Mitarbeit zu leisten habe. Falls innerhalb der nächsten fünf Jahre noch einmal das Geringste vorkomme, habe F. mit strengster Bestrafung zu rechnen.

Woher kam beim Ortsgruppenleiter – trotz allem verbalen Gepolter – diese kaum zu erwartende Milde? Vielleicht hat doch der Bittgang meiner Mutter zu dessen Ehefrau etwas bewirkt. Frau Wimmer war nämlich in den Zwanzigerjahren im Mädcheninstitut Vecconi ihre Turnlehrerin. Hilfreich war auch eine Expertise des zuständigen Stabszahlmeisters aus der Kaserne, der dem Angeklagten F. darin seine besondere Leistungsfähigkeit und Zuverlässigkeit als Lieferant bestätigte.

Der Denunziant Kugler, so erzählt uns nach der Verhandlung mein Vater – erleichtert wie lange nicht mehr – habe sichtlich enttäuscht den Gerichtssaal verlassen. Hatte er sich doch dort als Zeuge der Anklage, weitgehend vergeblich, gegen ihn ins Zeug gelegt – so heftig, dass ihn sogar der Parteirichter zur Mäßigung aufgefordert habe. Bereits an dem bewussten Septembertag in der Kaserne hatte er ja sein Vorhaben mit dem Bemerken angekündigt: »In fünf Tagen bist du in Dachau oder in einer Strafkompanie.« Und tags darauf, als ihn mein Vater noch einmal aufsucht, um ihn zu bitten, doch von einer Anzeige abzusehen, lässt er ihn mit der Bemerkung abfahren: »Solche Schweine wie du gehören ausgemerzt.«

Die Sorgen der Klosterschwestern

Die kirchenfeindliche Haltung der NSDAP und die daraus resultierende Hetze gegen die Kirchen und ihre Einrichtungen registriert mein Vater nicht nur bei den sogenannten Schulungsabenden, über die er sich bei dem bewussten Gespräch in der Adolf-Hitler-Kaserne kritisch geäußert hat. Meine Großtante ist Oberin im Franziskushaus der Armen Franziskanerinnen in Altötting, und bei unseren Besuchen erfahren wir in den Vierzigerjahren von Schikanen, Drohungen und der wachsenden Sorge der Schwestern, das Kloster könnte zur Auflösung gezwungen werden. Es beeindruckt mich sehr, als Tante Nicephora in diesem Zusammenhang sagt: »Für den Fall des Falles lassen wir uns jetzt schon einmal alle die Haare länger wachsen.« Aufatmen kann man im Franziskushaus mit seinem Volksschul-Internat erst, als dort im weiteren Verlauf des Krieges auch noch ein Reservelazarett eingerichtet wird und die Schwestern dringend in der Pflege gebraucht werden.

Schlimmeres als in Altötting erfahren meine Eltern und ich bei gelegentlichen Besuchen in Schönbrunn, wo Schwester Bertilla, ebenfalls Franziskanerin und eine Schwester unserer ehemaligen Haushaltshilfe »Deta«, geistig Behinderte betreut. Sie und ihre Mitschwestern erzählen uns von den Ängsten, die sie um ihre Schützlinge ausstehen und von den Bemühungen des Klosters, diese möglichst als beschäftigungsfähig darzustellen, um sie vor Abholung zu bewahren, vor dem Euthanasieprogramm zu retten. Doch es gelingt ihnen nicht immer.

Bestechendes Fahrtenmesser

Es hätte des Verfahrens gegen meinen Vater gar nicht bedurft, um mich vor Jungvolk-Aktivitäten möglichst zu drücken. Ein Bedürfnis, das rot-weiße Schnürl eines Jungenschafts-, oder gar das grüne eines Jungzugführers zu tragen, kommt bei mir zu keiner Zeit auf. Das beginnt schon damit, dass ich froh bin, als ich 1941 von meinem Kinderarzt Doktor Hofstadt ein Attest über meine angeborene Herzschwäche bekomme – was nach erforderlicher, aber flüchtiger Nachuntersuchung durch einen Vertrauensarzt zu dem Ausweiseintrag »bedingt tauglich« führt. Und ich kann auch gleich in den ersten Wochen beim »Jungstamm Götz von Berlichingen«, der seinen Sitz im Leopoldpark hat, die Wirkung erproben. Der Jungzugführer übt mit uns ein Lied

ein. Darin kommt einmal die Zeile vor: »Ihr Bonzen, ihr Spießer, wir sind auf der Wacht ...« Das singen wir ihm nicht schneidig genug. Vor allem sollen wir die Worte »Bonzen« und »Spießer« so richtig herausbrüllen. Er macht uns das vor, was bei ihm, der beim Sprechen leicht mit der Zunge anstößt, eher unfreiwillig komisch als, wie beabsichtigt, recht forsch wirkt. Er sieht es mir offenbar an, dass mich die Situation eher amüsiert als animiert, winkt mich aus der Reihe und lässt mich stramm stehen. Dann befiehlt er: » Du rennst jetzt zweimal um den Park herum. Aber Tempo, Tempo! Da kannst du dann lachen!«
Meine Antwort, während ich den Ausweis zücke: »Nein, das mache ich nicht, weil ich sowas gar nicht machen darf. Ich bin nämlich nur bedingt tauglich.« Es folgt eine kurze Irritation. Dann schickt er mich zur Seite. Dort muss ich separat bis Dienstschluss stehen bleiben. »Im Glied will ich dich heute nicht mehr sehen«, sagt er noch. Ich lasse mich daraufhin ein paar Wochen lang nicht mehr im Leopoldpark blicken – bis bei den Eltern eine Abordnung vorspricht und nachfragt, warum ich nicht mehr antrete. Ich werde einem anderen Jungzug zugeteilt.

Bei aller Abneigung gegenüber dem stramm militärischen Getue – als Pimpf auch einmal eines der begehrten Fahrtenmesser tragen zu dürfen, finde ich dann doch sehr aufregend. In Bubenkreisen war damals die Meinung weitverbreitet, es sei zwar erlaubt, ein Taschenmesser zu besitzen, die Klinge dürfe aber nicht länger sein als die Breite der jeweiligen Kinderhand. Die Klinge eines Fahrtenmessers aber ist um ein gutes Stück länger!

Parole des Tages und andere Sprüche

Geschmeichelt fühle ich mich 1941 in der ersten Klasse an der Gisela-Oberschule – nicht der »Giesela«, sondern der »Gisella«, wie man damals in Altbayern noch allgemein betont hat –, als mich unsere Klassleiterin, das Fräulein Doktor Ostertag, für einen Auftritt auswählt. Sie hat irgendeine Funktion bei der »Frauenschaft« und in dieser Eigenschaft eine abendliche Veranstaltung in der Gaststätte Ecke Kaulbach-/Giselastraße in Schwabing (heute »Backspielhaus«) zu organisieren. Die möchte sie mit einer Art Kurzprolog eröffnen, den ich sprechen soll. Es wird mein einziger Solo-Auftritt in der Pimpfenuniform. Ich habe aufs Podium zu steigen, die Hand zum »Deutschen Gruß« zu erheben und ein Ernst-Moritz-Arndt-Zitat zu deklamieren: »Wo dir Gottes Sonne zuerst schien, wo dir die Sterne des Himmels zuerst leuchteten, wo seine Blitze dir zuerst seine Allmacht offenbarten und seine Sturmwinde dir mit heiligem Schrecken durch die Seele brauseten: Da ist deine Liebe, da ist dein Vaterland.« Wieder »Deutscher Gruß« und Abgang. Zur Belohnung gibt es ein Buch über die Heldentaten des U-Boot-Kommandanten Engelbert Endrass.

Sprüche wie die von Arndt – wenn auch nicht so lange – gehören übrigens zum Schüleralltag. Einer von uns hat jeweils am Morgen, vor Beginn des Unterrichts, die »Parole des Tages« laut vorzulesen, die dann an die Wand geheftet wird. Zum Beispiel: »Glück hat auf die Dauer nur der Tüchtige – Moltke!« Oder Ähnliches. Auch ein Gedicht von Agnes Miegel »An den Führer« müssen wir lernen. Den Anfang vergesse ich bald wieder. Aber die Schlusszeilen hat – ebenso wie das Arndt-

Zitat – auch mein inzwischen mehr als 80 Jahre altes Hirn noch gespeichert: »… der vor dem Heer herzog ward Herzog genannt. / Herzog des Reiches, wie wir es meinen/ bist du schon lange im Herzen der Deinen.«

Der entstellte Hans Albers

Ebenfalls 1941 nehme ich einmal an einer der sogenannten Jugendfilmstunden teil, die manchmal am Sonntagvormittag für Jungvolk und HJ angesetzt sind. Das Erscheinen ist freiwillig, aber sehr erwünscht. Und, soweit ich mich noch erinnere, kostet das Ganze jeweils nur 20 Pfennig Eintritt. Vorstellungsbeginn ist um 10 Uhr in der Schauburg am Elisabethplatz, Antreten im Leopoldpark um 9 Uhr. Das heißt für mich: Aufstehen schon gegen 7 Uhr, damit ich vorher noch in Sankt Joseph die 8-Uhr-Messe besuchen kann – sonst gibt's kein Kino, sagen die Eltern. Gegeben wird der neue Hans-Albers-Film »Carl Peters«, ein Propaganda-Streifen mit rassistischen Zügen über den als Gründer von Deutsch-Ostafrika geltenden deutschen Forscher, Publizisten und Politiker aus der Bismarck-Zeit. Doch ehe wir endlich ins Kino kommen, müssen wir noch ein paarmal singend um das Karree Franz-Joseph-, Kurfürsten-, Georgen-, Nordendstraße marschieren. Denn erst einmal dürfen die Großen, die HJ-ler hinein. Und von den nachfolgenden Pimpfen gehört unser Jungzug dann leider zu den Letzten, was bedeutet, dass nur mehr im Rang, ganz weit vorn, jeweils rechts oder links außen, Plätze frei sind. Und von dort aus gesehen, erscheint der Kopf von Hans Albers abwechselnd lang gezogen wie eine Birne oder breit wie ein Fladen. Dass mein Leinwandliebling – von den Zerrbildern einmal abgesehen – hier bei Weitem nicht so toll ist wie in »Wasser für Canitoga« oder gar »Trenck, der Pandur« – zwei Abenteuerfilme, die mich erst kurz zuvor begeistert haben – bessert die Stimmung auch nicht. Kurzum: Es bleibt meine erste und letzte Jugendfilmstunde.

Theaterg'schichten von Beppo Brem

1942 besucht uns öfters ein zwar lange nicht so berühmter Schauspieler wie Hans Albers, doch einer, der vor allem hier in München sehr beliebt ist: Beppo Brem. Um diese Zeit darf er allerdings nicht im Film, sondern muss in der Max-II-Kaserne den Soldaten spielen. Aber von Fall zu Fall wird er für Dreharbeiten kurzfristig freigestellt. Ich freue mich immer, wenn er mit seinem nagelneuen, silbern glänzenden Sportradl angefahren kommt und bei einem Plauderstündchen von seinen Erlebnissen erzählt. Von einer für ihn recht gefährlichen Situation bei jüngst abgeschlossenen Dreharbeiten auf einem kleinen Flughafen bei Prien für den Film »Quax, der Bruchpilot«, zum Beispiel. Laut Drehbuch löst sich da in einer Szene versehentlich zu früh das Seil, an dem ein startbereiter Fesselballon hängt. Brem – er spielt einen Knecht, der beim Bodenpersonal aushilft – kann sich, vom Frühstart überrascht, nur noch unterm Korb am Seil festklammern, indes der Ballon mit ihm in Richtung Chiemsee entschwebt. Seine langen Haxen geraten auf dieser unfreiwilligen Luftfahrt immer wieder gefährlich nahe ans Wasser. »Die Leit' lacha an der Stell' oiwei – aber mir is da as Lacha verganga«, erzählt er. »Denn ums Haar waar i mitten auf'm See ins Wasser gfalln.«

Einmal berichtet Brem auch von einem Vorfall, den er von befreundeten Kollegen aus dem Volkstheater erfahren hatte: Bei einem Dialog habe ein Schauspieler an einer Stelle, an der er rollengemäß von seinem Partner eine freche Antwort zu bekommen hatte, extemporiert: »Mei Liaba, wenn du so weiter spuist, dann bist fei schnell bei de Dachauer«. Lacherfolg beim Publikum – aber nicht bei einem Mitglied des technischen Personals, das beim damals als Kulturreferent für Münchens städtische Bühnen zuständigen Ratsherrn Max Reinhard Anzeige erstattet. Im Ensemble habe tagelang große Aufregung geherrscht, fürchtete man doch, es könnten nun – obwohl an der Sache unbeteiligt – auch »nicht ganz arische Kollegen« wie Anton Reimer oder Liesl Macheiner, die Intendant Willem Holsboer unter stillschweigender Duldung Reinhards beschäftigte, in den Fokus geraten. Obwohl selbst eine höhere SS-Charge, habe sich Reinhard aber auch in dem aktuellen Fall »wirklich anständig« verhalten. Mit den »Dachauern« habe er keineswegs eine Anspielung auf das Konzentrationslager machen wollen, habe der Beschuldigte beteuert. Scherzhaft habe er lediglich seinem Partner eine Degradierung zum Mitglied des Platzl-Ensembles angedroht. Das firmierte – seit Jahrzehnten allseits bekannt – in der Tat als »D' Dachauer« und trat auch, ebenso wie der Chef Weiß Ferdl, in der Dachauer Bauerntracht auf. Reinhard, so erzählt Brem, habe die Ausrede geschluckt, was am Theater ein (fast) allseits erleichtertes Aufatmen bewirkt habe.

Da mich seinerzeit meine Eltern schon des Öfteren ins Volkstheater an der Josephspitalstraße mitgenommen haben – nicht nur in Weihnachtsmärchen wie »Kasperl und die Mondlaterne«, sondern auch in »Erwachsenen-Stücke« wie »Der Schusternazi«, »Fahr'n ma

Euer Gnaden« oder »Das Mädel aus der Vorstadt« – bin ich bei derlei Geschichten natürlich ein aufmerksamer Zuhörer und ein dankbarer Mitempfänger von Erstaufführungs-Freikarten fürs Kino, mit denen sich der stets mit gutem Appetit gesegnete Beppo Brem gelegentlich für die »Fressalien-Packerl« revanchiert, die er mit in die Kaserne nimmt.

Peinlicher Auftritt im Krankenhaus

Nicht freiwillig wie die Jugendfilmstunden, sondern Pflichtprogramm ist im Herbst ab und zu das Aufsammeln von Kastanien. Der Park des Schwabinger Krankenhauses ist da unser Revier. Die vollen Säcke, so heißt es, bekommt der Tierpark als Futter. Besonders schöne Exemplare wandern auch in unsere Hosentaschen. Mit Hilfe von Zündholzsteckerln werden daraus daheim Tiere gebastelt.

In weit unangenehmerer Erinnerung als das Kastaniensammeln, das ja auch Spaß macht, bleibt mir ein anderer Pflichttermin im Schwabinger Krankenhaus: Im Frühjahr 1944 haben wir dort einen großen Auftritt. Ohne jede Vorbereitung müssen wir bei einem »Bunten Nachmittag« für verwundete Soldaten mitwirken. Da sitzen oder liegen nun vor uns an die zwanzig, dreißig Mann mit Kopfverbänden, mit geschienten Armen oder Beinen. Und die sollen über irgendeinen Sketch lachen, den zwei Jungzugführer aus unserem »Jungstamm Götz von Berlichingen« vorspielen. Wir Pimpfe müssen, von einem buckeligen Erwachsenen in Zivil auf dem Akkordeon begleitet, Marschlieder singen, darunter, in dem Fall wie die Faust aufs Auge passend: »Landsknechtsleben, luhustihig Leben, in der Schehenk bei Tag und

Nacht. / Sitzt ein fader Kerl daneheben, / der nicht scherzt und trinkt und lacht – / schmeißt ihn raus! / Freies Hahahahus muss ein, ja muss ein Landsknecht hahahahaben!«

Unser Akkordeonspieler vermisst offenbar die rechte Stimmung im Saal. Da will er nachhelfen und brüllt plötzlich in den Gesang hinein: »Brrravo HJ!«. Die Verwundeten aber lassen recht deutlich erkennen, dass sie eine andere Unterhaltung erwartet haben, und schon gar nicht dieses peinliche Selbstlob aus dem Kreis der Programmgestalter. Am liebsten wär' ich im Boden versunken.

Erst sammeln – dann wieder einsammeln

An einem Samstag ist unser Jungzug auch einmal zum Sammeln für das Winterhilfswerk abgestellt. Hübsche kleine Glasstücke in verschiedenen Farben, darauf eingepresst charakteristische Bauten und Denkmäler, stehen in diesem Jahr zur Auswahl. Das Lübecker Holstentor etwa, die Münchner Frauenkirche oder das Wiener Prinz-Eugen-Denkmal. Die Abzeichen verkaufen sich leicht. Wir Buben freuen uns schon auf den darauf folgenden Sonntag. Da tragen nämlich noch viele Leute die bunten Dinger am Revers – und wir fechten sie ihnen wieder ab. Die Jagdreviere teilen wir friedlich untereinander auf. Natürlich sind wir dabei nicht mehr in Uniform. WHW-Abzeichen so einzusammeln, ist in diesen Jahren überhaupt ein beliebter Kindersport, vor allem bei Buben.

In jeder Saison gibt es etwas anderes. Besonders begehrt sind die aus Bakelit gegossenen Stücke zu den einzelnen Waffengattungen der Wehrmacht. Da wiederum sind am beliebtesten die Flugzeug-modelle, voran die Stukas. Und ganz wild sind wir auch auf die bunten, aus Holz gedrechselten Märchenfiguren. Was macht es da schon aus, wenn uns ab und zu ein Grantler anraunzt: »Nix da! Schleich di!«

»Arme lose hängen lassen, Heil Hitler, setzen!«

Erinnerungen aus den Kriegsjahren an der »Gisela«: Im Speicher des Schulgebäudes finde ich mich in die Schülerkette eingereiht, die nach Luftangriffen wiederholt den abgedeckten Dachstuhl mit neuen Ziegeln versorgt. An so manchem Sonntag im Herbst 1943 wird unsere dritte Klasse geschlossen in das Paketpostamt an der Bayerstraße zum »Packerl schuzzen« beordert. Wir stehen an verschiedenen »Schüsseln«. Über uns ein Förderband, aus dem Paket um Paket herunterrutscht. Jedes trägt eine Nummer. Wir müssen es möglichst schnell zum jeweiligen Transportwagerl mit der gleichen Nummer bringen.

Da ist der zweckentfremdete Chemiesaal, den man mit Stockbetten und Seegrasmatratzen ausstaffiert hat. Von 1943 an muss ich dort auch an schulfreien Wochenenden zur Tages-Brandwache antreten (für die Nacht wird man erst ab 14 eingeteilt). Weil der jeweils zur Aufsicht abgestellte Lehrer nur ab und zu hereinspitzt und ein Mitschüler immer aufpasst, ob er sich wieder nähert, rauchen wir anderen unsere ersten Zigaretten, Marke Sondermischung. Einer von uns hat immer ein paar dabei. Dass wir zwar die Glimmstängel, nicht aber ihren Geruch schnell verschwinden lassen können, entgeht wohl keinem der Professoren. Doch meistens bleibt es bei einem folgenlosen »Wer hat da wieder geraucht? Lasst doch den Unsinn!«

Die Raucherei übersieht auch er geflissentlich, im Unterricht aber zieht er andere Saiten auf: der Herr Doktor Priehäußer, zuständig für Erd- und Naturkunde. »Aus der Bank raustreten! Arme lose hängen lassen! Heil Hitler, setzen!« Mit diesen Worten pflegt er das Klasszimmer zu betreten. Wenn er eine Kurzarbeit – der Begriff Extemporale war damals obsolet – oder eine Schulaufgabe mit einem energischen »Feeederhalter weg!« beendet und er hört noch ein Nachklappern, nimmt er dem betreffenden Sünder gleich das Blatt ab und gibt ihm einen Sechser. Ebenso unnachsichtig wird bei ihm auch jeglicher »Unterschleif«, das Abschreiben also, geahndet. Petzer mag er allerdings nicht. Wer etwas angestellt hat, soll bei ihm »Mannszucht genug haben«, sich selbst zu melden. Doch kriege er nicht heraus, wer's war, »dann machen wir das wie beim Militär in einem meuternden Regiment. Da wird nämlich einfach jeder zehnte Mann erschossen.« Mit diesem martialischen Vergleich droht er nachmittäglichen Klassenarrest an. Allerdings hat er uns dann doch nie dazu einbestellt.

Ein Beispiel für seine Gesinnung liefert Priehäußer – er trägt auch oft das Parteiabzeichen – einmal ganz nebenbei, als wir in seiner Erdkundestunde Holland durchnehmen. Es ist kurz nach dem Überfall der deutschen Truppen auf das neutrale Land. Die Holländer, sagt er, seien ziemlich bequeme Herrschaften. Das Wichtigste sei denen die Freizeit. Da säßen sie dann beisammen. Jeder lege vor seine Tasse ein Zuckerstück. Und der, auf dessen Würfel sich zuerst eine Fliege setze, bekomme seinen Kaffee oder Tee von den anderen bezahlt. »Aber solche Spassettln«, fährt er lachend fort, »treibn ma denen in Zukunft scho aus.«

Der Satz regt mich richtig auf. Was das uns angeht, wie die Holländer ihre Freizeit verbringen, denke ich. Spätestens jetzt halte ich den Doktor Priehäußer für einen ziemlich hochprozentigen Nazi. Doch gerät diese Einschätzung wieder etwas ins Wanken, als ich ihn einmal zu meinem großen Erstaunen bei einer Sonntagsmesse in der Josephskirche stehen sehe – wenn auch ganz hinten, »bei de Rossdiab«.

Dr. Pfeiffer, der Gentleman

Es gibt noch einen anderen Dr. P.: unseren Englisch- und Lateinlehrer Dr. Anton Pfeiffer. Der ist von Kopf bis Fuß ein Gentleman und trägt täglich Fliege anstatt Krawatte, dazu ein Einstecktücherl im Anzug-Sakko. Gern erzählt er uns von seinen Seereisen in die USA und nach England und erklärt uns, wie man durch fleißiges Auf- und Abgehen an Deck gleich zu Beginn so einer Reise die Seekrankheit vermeiden kann. Immer wieder schwärmt er vom englischen Schulwesen und betont gerne, dass es für einen dortigen College-Schüler Ehrensache sei, nicht abzuschreiben. Auf diese subtile Weise bringt er uns auch ganz nebenbei die antiken und angelsächsischen Demokratien nahe, was mich so animiert, dass ich beim Wiking-Schifferl-Spielen mit meinen Spezln als »Präsident des Bundesfreistaats Amerika« agiere. Den Hitler-Gruß vermeidet Pfeiffer gern. Nach dem Krieg wird er bayerischer Entnazifizierungsminister, moderiert 1948 den Verfassungskonvent von Herrenchiemsee und geht bald danach als Botschafter der Bundesrepublik in Belgien nach Brüssel.

Der Giftpilz verfehlt seine Wirkung

Eine besonders üble Hetzschrift macht im 43er-Schuljahr einmal die Runde im Klasszimmer: Aus Neugier besorgt sich ein Mitschüler das Buch »Der Giftpilz« aus der Schulbibliothek. Bereits 1938 im Verlag des berüchtigten Gauleiters von Franken und »Stürmer«-Herausgebers Julius Streicher erschienen, stachelt es mit seinen primitiven Texten von Ernst Hiemer und den schlimmen Karikaturen von Phillipp Rupprecht schon die Heranwachsenden zum Sozialhass gegen die Juden auf. In der Pause und zwischen den Unterrichtsstunden wandert das Pamphlet von Bank zu Bank – und wird unter verlegenem Gekichere allgemein als bösartige Übertreibung empfunden. Allgemein ist auch die Verwunderung, dass so etwas überhaupt in unserer Schulbibliothek steht. Nicht ein Klassenkamerad will es mit nach Hause nehmen.

Kein Verständnis für meinen Drang, bei Fliegeralarm den häuslichen Luftschutzkeller anzustreben, zeigt im Herbst 1943 unser Zeichenlehrer Kellhammer. Ertönt während der Unterrichtszeit die Sirene, haben sich die einzelnen Klassen geschlossen in den Luftschutzkeller der Schule zu begeben. In der Regel ist es Aufgabe des Hausmeisters, am Haupteingang darauf zu achten, dass keiner mehr das Schulhaus verlässt. Weil er seit Jahren aus unserem Laden das Gebäck bezieht, das er in den Pausen verkauft, kennt er auch mich von frühester Kindheit an – und schaut stets geflissentlich weg, wenn ich auf dem Weg in den Keller ausschere und das Schulhaus verlasse. Er weiß ja: Im Laufschritt bin ich in einer Minute daheim. An dem bewussten Tag jedoch bewacht nicht der Hausmeister, sondern Herr Kellhammer das

Portal. Der tritt mir gleich wie ein Zerberus entgegen. Auf meinen Hinweis, dass ich doch nur drei Häuser weit zu gehen hätte, um heimzukommen, antwortet er lapidar: »Nix da! Schaug' dass d' schleunigst in unsern Keller marschierst! Wenn bei uns wirkli a Sprengbombn reifallt, nacha is euer Hüttn da vorn aa hi.«

Traurige Datenverbindung

Ein Ereignis, das ziemlich am Anfang des Jahres 1943 stattfand – es hat nichts mit der Schule zu tun – erweckt in mir gleich ein Gefühl der Beklemmung: Weinend und völlig verstört betritt am 18. Februar gegen Abend eine bulgarische Studentin, Untermieterin im Haus, unseren Laden und erzählt, was sich an diesem Tag in der Universität zugetragen hat. Sie berichtet von Flugblättern gegen das Regime, die in den Lichthof geflattert seien. Über Stunden habe niemand mehr das Gebäude verlassen dürfen. Es habe Verhaftungen gegeben. Auch sie sei, als Ausländerin wohl besonders verdächtig, lange verhört worden. Dabei sei ihr Vater doch Oberst in der mit Deutschland verbündeten bulgarischen Armee.

Bald erfahre auch ich, dass es sich bei den Widerstandskämpfern um die Geschwister Scholl und Christoph Probst handelt – und dass sie bereits am 22. Februar, meinem 12. Geburtstag, hingerichtet wurden. Es ist dies eine Datenverbindung, die sich tief in mein Gedächtnis gräbt.

Erst einen Orden – dann das KZ

Nicht nur wenn's auf dem Schulgelände irgendwo brennt, sondern gegebenenfalls auch in der näheren Umgebung ist der »Gisela-Löschzug« ein hochwillkommener Helfer. Eine kleine Schülergruppe aus den Oberklassen hat ihn aus eigener Initiative ins Leben gerufen. Das Glanzstück ist ein Handkarren mit Spritze und Schlauch, den zwei Mann ziehen. Blaue Fantasieuniformen mit karmesinroten Nähten haben sich die jungen Burschen irgendwie organisiert. Ihr Anführer ist der 16-jährige Giggi Loreck, übrigens auch »Berittführer« bei der Reiter-HJ in der Königinstraße. Für die oft nicht ungefährlichen Einsätze bekommt er sogar das Kriegsverdienstkreuz. Doch kaum ist die Schule geschlossen und damit auch der Schüler-Löschzug aufgelöst, erhält Giggi von der SS-Kommandatur an der Brienner Straße eine Vorladung. Sein Klassenkamerad, Reiter-HJ- und Löschzug-Kumpel Helmut Ammon begleitet ihn dorthin – und wartet vor dem Haus vergeblich darauf, dass der Freund wieder herauskommt.

Loreck, Sohn eines ehemaligen Obersten der Bayerischen Landespolizei, landet im KZ; denn seine Mutter ist Jüdin. Mehrere Schüler, darunter auch ich, wissen das schon seit längerer Zeit. Doch die halten alle – ebenso wie die Lehrkräfte – zu ihm oder tun zumindest so, als wüssten sie nicht Bescheid. Groß ist deshalb auch die Freude und stürmisch der Beifall, als Giggi dann kurz nach dem Krieg uns versammelten Giselanern seine abenteuerliche Flucht aus dem Lager schildert. Mutter und Sohn Loreck, so erzählte mir sein Freund Ammon später einmal, seien so lange vor dem KZ verschont geblieben, weil Frau Loreck – im Ersten Weltkrieg freiwillige Krankenschwester – einmal den verwundeten Fliegeroffizier Hermann Göring gepflegt habe.

»Politische« Ohrfeigen

Eine saftige Watschen trägt mir im Frühjahr 1944 – wieder einmal – meine Unfähigkeit ein, in brenzligen Situationen die Gesichtszüge zu beherrschen. Die Vorgeschichte spielt sich im Schulhof während der großen Pause ab: Plötzliche Rudelbildung an einer Ecke, begleitet von anwachsendem Gegröle. Auch mich treibt die Neugier hin. Was gibt es zu sehen? Am Boden liegt ein bespucktes Parteiabzeichen, um das jetzt immer mehr Schüler einen Kreis bilden. Die Pausenaufsicht kommt dazu, sichtlich entsetzt. »Entfernt das sofort!«, befiehlt der geschockte Lehrer. Dann heißt es: »Auseinander!«

Nach einem Täter fragt er nicht. Das übernimmt jedoch gleich nach der Pause der Herr Oberstudiendirektor Dittmar höchstpersönlich, in dem er von Klasszimmer zu Klasszimmer stürmt, um zu erforschen, »welcher Dreckskerl das gewesen ist«. Er solle jetzt auch den Mut besitzen, zu seiner Tat zu stehen. Und für denjenigen, der irgendetwas beobachtet habe, sei es »verdammte Pflicht und Schuldigkeit«, das sofort zu melden.

Dittmar ist Träger des Goldenen Parteiabzeichens. Eine Gesichtsnarbe aus dem Ersten Weltkrieg hat zur Folge, dass sein Mund zu feuchter Aussprache neigt. In der Erregung aber mutiert er geradezu zum Spritzbrunnen. Da er sich direkt vor meiner Bank aufgepflanzt hat, bleibe ich vor den Folgen nicht verschont. Jetzt wär' ein Regenschirm recht, denke ich. Und muss trotz der Schimpfkanonade über diesen Gedanken schmunzeln. »Was – du grinst noch, wenn einer das Hakenkreuz schändet, während draußen an der Front die Soldaten für Deutschland bluten!«, brüllt mich der Herr Oberstudiendirektor an. Und schon klatscht es. Ein von mir befürchtetes weiteres Nachspiel bleibt jedoch Gott sei Dank aus. Und vergeblich bleibt glücklicherweise auch die Fahndung nach dem Täter.

Gleich zwei »politische Ohrfeigen« kassiere ich im Sommer 1944. Seit die öffentlichen Schulen geschlossen sind, suche ich einmal in der Woche für zwei Stunden einen ehemaligen Oberstudiendirektor auf. Er heißt Franz Hester, wohnt Ecke Elisabeth-/Tengstraße, ist Kunde in unserer Bäckerei und hat meinen Eltern angeboten, mir ein bisschen die Schule zu ersetzen. Wieder einmal auf dem Weg zu ihm, begegnet mir in der Elisabethstraße vor einem ausgebrannten Haus, aus dessen Vorgarten die blühenden Äste eines Bäumchens auf den Gehsteig ragen, eine junge Mutter mit Kinderwagen. »Ach sei doch so gut und hol' mir da ein paar Zweigerl herunter«, bittet sie mich. Natürlich bin ich ihr gern gefällig.

Doch das hätte ich besser unterlassen. Steht doch plötzlich ein SA-Mann – offensichtlich eine höhere Charge – vor mir, schlägt mir rechts und links ins Gesicht und fängt zu brüllen an. Ähnlich wie der Herr Dittmar bemüht auch er gleich die Männer, die an der Front den Kopf hinhalten, während ich mich zu Hause herumdrücke und mich nicht schäme, nachdem schon das Haus kaputt sei ... und so weiter und so weiter. Den Einwand der verstörten jungen Frau, sie sei es gewesen, die mich gebeten habe, ignoriert er. Von mir aber lässt er sich noch Name, Alter und Adresse geben und droht mit einer Anzeige wegen Plünderns. So weit kommt es dann aber doch nicht.

Ein Vorbild fürs Leben

Dass es auch andere Oberstudiendirektoren gibt als meinen »Watschenmann« von der »Gisela« – beweist mir jener Franz Hester aus der Elisabethstraße. Ja, sicher, er macht mich fit, vor allem in Latein, Deutsch, Geschichte. Doch noch wichtiger für mich und fürs Leben gewinnbringender ist das, was bei ihm so nebenher abfällt. Nennen wir es Einsichten und Charakterbildung. Respekt vor anderen großen Weltreligionen etwa vermittelt er mir mit einem Gleichnis: Betrachtet man eine Szenerie durch verschiedenfarbige Glasfenster, so erscheint doch stets das gleiche Bild – nur eben in unterschiedlichem Licht. Noch so manches Mal werde ich mich aus gegebenem Anlass an seine Sprichwort-Variation »Durch Schaden werden nur die Klugen klug« erinnern. Oder an die Art, wie er mich bereits beim Ausleihen von Goethes »Hermann und Dorothea« vorsorglich ans Zurückgeben erinnert: »Aber denk dran; es ist leichter, die Bücher zu behalten als das, was drin steht.« Mit Späßchen würzt er auch den Lateinunterricht – zum Beispiel, wenn es um Ausnahmen bei den Begriffen Feminin und Maskulin geht: Der Kompaniechef einer Kavallerie-Einheit lässt antreten und gibt bekannt: »Es hat sich herausgestellt, dass es sich bei dem bisher als Wallach geführten Tiberius um eine Stute handelt. Das Pferd wurde deshalb umbenannt und heißt jetzt Sulla.«

Eines Tages erzählt mir Hester, warum er ein paar Jahre zuvor nach München gezogen ist. Als langjähriger Leiter des Gymnasiums in Düsseldorf-Benrath hatte er aus gegebenem Anlass die Konsequenz aus seinem Satz gezogen: »So lange ich hier Oberstudiendirektor bin, bleibt auch dieser Schüler an der Anstalt.« Der Schüler war Jude – und so mussten sie beide gehen. Hester, vorzeitig pensioniert, hat versucht, den Einkommensausfall mit Übersetzungen für Verlage auszugleichen – und hat sich dem Einfluss derer, die er mit seinem Verhalten gereizt hat, durch den Umzug nach München entzogen. Seitdem ich das weiß, verehre ich ihn noch mehr. Ob ich in so einer Situation seinen Mut gehabt hätte? Eine Frage, die mich sehr beschäftigt.

Was Großvater zu erzählen weiß

Dass ein Mann wie Franz Hester, wenn er sich mir gegenüber politisch öffnet, keine »Bekehrungsgespräche« führen muss, habe ich nicht zuletzt auch meinem Großvater zu verdanken. Hitler ist für ihn schon in den ersten Jahren nach der Machtübernahme »der Kerl, der auf einen Krieg hinarbeitet«. Und ich sehe ihn noch unmittelbar nach den gewonnenen »Blitzkriegen« gegen Polen und Frankreich vor einer auf dem Tisch ausgebreiteten Europakarte stehen und sagen: »Ja, ja – wir werden uns noch zu Tod siegen ...«.
Über Großvaters Erlebnisse, die ihn bereits in der frühen Weimarer Zeit mit den kommenden Protagonisten in Berührung brachten, will ich im folgenden Abschnitt berichten. Nach seiner Dienstzeit als Hartschier bei Prinzregent Luitpold und König Ludwig III. meldet sich mein Großvater im Ersten Weltkrieg, inzwischen 45 Jahre alt, freiwillig zur Artillerie. Als »Tapferkeitsoffizier« zum Oberleutnant avanciert, wird er nach dem Krieg von der Bayerischen Landespolizei (Lapo) übernommen. Die Revolution von 1918/19 empfindet er für sich keineswegs als Befreiung, im Gegenteil: Bei den

»Roten« als »Monarchist« auf einer Schwarzen Liste, kann er einmal der Festnahme nur entgehen, indem er sich für einige Tage zu einem ehemaligen Kriegskameraden nach Aitrang absetzt. Nicht weniger suspekt ist ihm die rechtsradikale Seite mit General Ludendorff an der Spitze, der, wie er konstatiert, »auf eine preußische Militärdiktatur losmarschiert wäre«. Und besonders angewidert ist er von der hysterisch-demagogischen Art eines gewissen Adolf Hitler, den er wiederholt zu beobachten hat, wenn der, seinen Wolfshund an der Leine, in kleineren Münchner Wirtschaften als Redner aufkreuzt. Dieser Landespolizei angehört zu haben, die am 9. November 1923 dem ersten großen Gewaltakt der Nazis Einhalt geboten hat, erfüllt Großvater stets mit Genugtuung – obwohl er gerade an diesem Tag ein Erlebnis hat, das ihn an der ausnahmslosen Loyalität der Truppe, von der er bisher überzeugt war, zweifeln lässt.

Dass Münchens Stadtpolizei und hiesige Reichswehr-Einheiten von Mitgliedern und Sympathisanten der NSDAP unterwandert sein könnten – davon munkelt man in diesen Tagen auch unter den Kollegen meines Großvaters bei der Lapo. Und tatsächlich wird sich das erstmals besonders deutlich am 8. November 1923 beim zunächst gelungenen Nazi-Putsch im Bürgerbräukeller zeigen: Schutzpolizisten und Kriminaler, die bereits vor Beginn der dortigen Veranstaltung telefonisch ihre Reviere und das Polizeipräsidium von Stoßtrupp-Aufmärschen unterrichten, lässt der an diesem Abend ranghöchste diensthabende Polizeioffizier in der Ettstraße, Oberamtmann Wilhelm Frick, mit nichtssagenden Worten abspeisen. Der Mann ist zu dieser Zeit Leiter der Abteilung für politische Sicherheit der

Münchner Polizei, NSDAP-Anhänger – und über die Putsch-Pläne informiert. Hitler wird ihn 1934 zum Reichsinnenminister ernennen.

Ein Kriminaloberkommissar, der zu Beginn des Überfalls im Bürgerbräukeller noch fliehen kann, meldet Frick den Vorfall aufgeregt am Telefon. Er berichtet auch, dass sogar Soldaten und einige für den Saalschutz eingeteilte uniformierte Polizeikollegen plötzlich Hakenkreuzbinden hervorgezogen und sich als Putschisten zu erkennen gegeben haben. Lapidare Antwort: Da sei nichts mehr zu machen.

Nichts mehr zu machen gewesen wäre wohl auch, wenn tags darauf – wie offenbar befürchtet – im Zusammenhang mit dem »Marsch zur Feldherrnhalle« ein Teil der Hitler-Truppen in die Neuhauser Max-II-Kaserne eingedrungen wäre. Dieses Münchner Quartier der Bayerischen Landespolizei steht am 9. November nämlich weitgehend leer. Nachdem der am Abend zuvor von Hitler zusammen mit Generalstaatskommissar Gustav Ritter von Kahr und Reichswehr-General Otto von Lossows festgenommene Lapo-Chef Hans Ritter von Seißer nachts wieder freigekommen ist, bereitet er die Niederschlagung des Putsches vor. Um die strategisch wichtigsten Stellen der Stadt zu besetzen, benötigt er auch fast alle Männer aus der Max-II-Kaserne.

Mein Großvater, für die Kasernenverwaltung zuständig, erhält den Befehl, dort sämtliche Tore abzuschließen. Den führt er aus und unternimmt einige Stunden später noch einen Kontrollgang. Dabei beobachtet er, wie ein Major seiner Einheit heimlich wieder ein Tor aufsperrt. Zur Rede stellen kann er – damals Oberleutnant – als Untergebener den Ranghöheren nicht. Doch als der verschwunden ist, stellt er den ursprünglichen Zustand wieder her. Und tags darauf meldet er den Vorfall. Für den Täter bleibt das jedoch ohne Folgen – wenn man davon absieht, dass er nach 1933 ziemlich rasch zum Wehrmachtsgeneral befördert wird.

Im Zusammenhang mit diesem Putsch, bei dem die drei von den Nazis Festgenommenen zunächst auf die Forderungen ihrer Kidnapper eingingen und damit in den Augen der Bevölkerung mehr Wankelmut als Mut zeigten, zitierte der Opa gern einen Spottvers, der damals in München die Runde machte: »Kahr, Lossow, Seißer / sind drei Hosenscheißer./ Was um elf Uhr sagt der Kahr, / ist um zwölf Uhr nicht mehr wahr.«

Erlebnisse dieser Art und die damit verbundenen Einblicke ins politische Geschehen haben die spätere Haltung meines Großvaters entscheidend geprägt. Ist es da ein Wunder, dass die beiden Herren, die Anfang der Vierzigerjahre einmal den Polizeihauptmann a.D. Friedrich Albrecht aufsuchen, vergeblich fragen, ob er sich nicht freiwillig für einen Verwaltungsposten rekrutieren ließe – mit Aussicht auf Beförderung zum Major? Mir, seinem damals elfjährigen Enkel, der – ich geb es zu – schon ganz gern neben einem Opa mit geflochtenen Achselstücken herspaziert wäre, sagt er: »Bub, ich hab gern meinem Kaiser und meinem König gedient und auch noch der Republik – aber für den Verbrecher zieh ich keinen Uniformrock mehr an.«

Von den Rössern verführt

So sehr meine Einstellung zum Nazi-Regime besonders auch durch Großvaters Einfluss geprägt war – der Verführung, umsonst Reiten lernen zu dürfen, kann ich im

Frühjahr 1943 doch nicht widerstehen, obwohl ich in diesem Fall bei der Reiter-HJ anzutreten habe – als »Gast« allerdings nur. Denn HJ-Mitglied wird man mit vierzehn, ich aber bin erst zwölf Jahre alt und sehe in dem Angebot auch eine Chance, mich wieder einmal vor dem mir zuwideren Jungvolkdienst zu drücken.

Walter und Dieter Wüst, zwei Brüder aus dem Haus gegenüber – Letzterer wird noch eine tragische Rolle in meinem jungen Leben spielen – geben den Anstoß zu meiner »Reiterkarriere«. Sie sind zwar drei und vier Jahre älter als ich, kennen mich aber schon von klein auf und haben mich trotz des großen Altersunterschieds häufig zum Spielen mit ihrer Eisenbahn, ihren Elastolin-Trappern und -Indianern oder Wiking-Schifferln eingeladen. Sie wissen natürlich auch von meiner Pferdebegeisterung, von der noch mehr zu erzählen sein wird. Und sie haben beide, als sie mit vierzehn aus dem Jungvolk ausgeschieden sind, die Reiter-HJ gewählt, die in den Gebäuden der Universitätsreitschule an der Königinstraße untergebracht ist.

In den Stallungen an der Königinstraße herrscht im vierten Kriegsjahr starker Personalmangel. »Die suchen jetzt Helfer. Tätst du auch Pferde putzen, füttern, einstreuen, Häcksel schneiden und manchmal am Sonntag zur Luftschutzwache im Stall antreten? Dann kannst kommen«, sagt Dieter zu mir. »Aber zimperlich darfst du beim Reiten nicht sein, da wird auf dein Alter keine Rücksicht genommen.«

Das merke ich sehr schnell. Denn eine der ersten Übungen ist, in der Reithalle die Steigbügel überzuschlagen und direkt vom Boden aus in den Sattel zu springen. Wer es beim ersten Mal nicht schafft, muss sein Ross am Zügel nehmen und eine Runde nebenher traben. Beim zweiten Versuch wird es natürlich für einen Knirps wie mich nicht leichter, zumal das Laufen im weichen Torfmull der Sprungkraft auch nicht gerade förderlich ist. Dafür kommt jetzt Hilfe vom Reitlehrer, einem älteren SA-Mann: Er »unterstützt« mich – allerdings vergebens – beim Aufsprung, indem er mich ein paar Mal kräftig in den Hintern zwickt. Noch eine Runde. Schließlich hat er doch ein Einsehen, packt mich am Hosenbund und lupft mich in den Sattel.

Blutig geriebene Knie, gelegentliches Herunterpurzeln – das alles macht dem »bedingt tauglichen« Rossnarren nichts aus, wenn er nur wieder in den Sattel des braven Fuchses Flieger, der Schimmelstute Liane, des langbeinigen Rappen Hochmeister oder der schon etwas betagten Renette steigen darf, die beim Aufsitzen gern nach dem Ärmel schnappt. Und gar wie Willy Birgel auf seinem Grauschimmel Harro in dem Film »... reitet für Deutschland« komme ich mir beim Ausritt in den Englischen Garten vor, wenn ich auf dem gleichfarbigen Wallach Parsival sitzen darf.

Auch ein schlimmer Anblick schreckt mich nicht ab. Jeder Reiter muss nach der Unterrichtsstunde sein Pferd selbst absatteln, mit offenem Stroh trockenreiben und wieder ein Halfter anbringen. Ein Bub, der erstmals die sonst den etwas Geübteren vorbehaltene Stute Walküre hatte reiten dürfen, bemüht sich, ihr wieder das Halfter umzuschnallen. Doch sie weicht ihm in der Box ständig aus. »Gib her, ich mach das schon«, sagt da ihr bisheriger Stammreiter, ein Sohn aus der Münchner Fabrikantenfamilie Wamsler, und betritt die Box. Blitzschnell dreht sich Walküre um, drückt ihn an die Wand und keilt

Damals, im Fasching 1939, war mein Traumberuf noch Trabtrainer.

gezielt aus. Der Helfer sackt zusammen. Von einer Stange geschützt, holen ihn zwei Stallleute heraus. Er fantasiert noch, spricht ein paar unverständliche Worte – dann tritt blutiger Schaum aus seinem Mund, und er wird bewusstlos. Wenige Minuten später holen ihn Sanitäter und ein Notarzt ab. In der Reitschule habe ich ihn nicht mehr gesehen. Doch, wie ich Jahre später erfahren werde, hat Wamsler diesen Unfall gut überstanden.

Die Pferde werden im Spätherbst 1943, wenige Monate nach Beginn meines »Gastspiels« dort, wegen der zunehmenden Bombengefahr aus der Königinstraße nach Freising evakuiert. Da ist es für mich mit der Reiterei zunächst wieder vorbei.

Lieber zum Trabrennen als zum Führer

Ja, die Pferdebegeisterung! Einmal hätte ich den »Führer« persönlich sehen können, besser gesagt, sehen müssen. Es war an einem Samstag oder Mittwoch im Sommer 1942, und Adolf Hitler stattete München einen seiner letzten offiziellen Besuche ab.

Auch wir Pimpfe haben zum Empfang anzutreten. Vom Flughafen Riem kommend, wird er zum Braunen Haus in die Brienner Straße gefahren. Zu beiden Seiten der Prinzregentenstraße stehen HJ und Jungvolk Spalier. Für etwa 11 Uhr wird die Ankunft der Kolonne erwartet. Wir Buben vom »Jungszug 3« stehen vor den Stufen des »Hauses der Deutschen Kunst« und warten … seit 10 Uhr früh. Abwechselnd wird immer wieder ein »Jungzug« oder ein »Fähnlein« (das sind mehrere Jungzüge) aus der Reihe heraus auf die Reise geschickt, um die Straßen der Umgebung mit passendem Liedgut zu beglücken: »Es zittern die morschen Knochen …«,

»Braune Kolonnen ziehen in der Sonne …« und Ähnliches. »Die Leute müssen den Eindruck haben, dass die ganze Jugend der Stadt auf den Beinen ist!«, schnarrt ein Fähnleinführer.

Es ist 11 Uhr. Der Führer ist noch nicht eingetroffen, heißt es. Es wird 12 Uhr, 13 Uhr, geht auf 14 Uhr. Immer noch kein Führer. Jetzt werde ich ungeduldig. Denn um 14 Uhr haben in Daglfing die Trabrennen angefangen. Vater und Großvater sind sicher schon dort. Um die Zeit wird hier die Sache längst vorbei sein, hatte ich in der Früh' gedacht und das Radl »sprungbereit« vor dem Leopoldpark-Eingang abgestellt. Es hilft nichts, jetzt muss ich schwindeln: »Jungzugführer, ich bitte austreten zu dürfen!« Dem scheint das wenig zu gefallen, aber er sagt doch: »Ab! Verzieh dich aber ein Stück in den Englischen Garten rein!« Wie der Blitz renne ich weg – doch nicht nur bis zum Englischen Garten, sondern gleich weiter in Richtung Leopoldstraße, wo mein Radl lehnt. Immerhin: zum dritten Rennen komme ich noch rechtzeitig. Und der Führer ist von mir ungesehen am Haus der Deutschen Kunst vorbeigefahren. Ein Nachspiel hat meine »Fahnenflucht« nicht. Die waren dort wohl alle so aufgeregt, dass sie mich völlig vergessen haben.

Der Herr Kommerzienrat – mein Retter?

Riem mit den Galoppern und Daglfing mit den Trabern – das Familienvergnügen des Großvaters und der Eltern färbt auch auf mich ab. Was für andere Buben ein Max Schmeling oder Rudolf Caracciola ist, das ist für mich – bereits vor dem Krieg – Willy Kraus. Hauptsächlich mit seines Vaters Pferden ist der schon damals

Champion der deutschen Amateur-Trabrennfahrer und hält sich später über Jahre an der Weltspitze. Dieser Vater ist Kommerzienrat Wilhelm Kraus, seines Zeichens Gründer der Emelka-Filmgesellschaft, der späteren Bavaria. Ihm verdankt München auch seine Filmstadt Geiselgasteig. Und ich ihm vielleicht sogar mein Leben. Doch der Reihe nach:

Weil ihm sein Stummfilmstar Stuart Webbs in den Zwanzigerjahren einmal Geld schuldete, aber pleite war, nahm Kraus senior dessen Traber in Zahlung. Da gab es nun einen »Stall Geiselgasteig«, aus dem Ende der Dreißigerjahre das bekannte Trabergestüt Straßlach wurde. Rennfarben: grün, weiße Tupfen. Der Crack ist der Hengst Calumet Bush, international mit Sohn Willy Kraus im Sulky ebenso erfolgreich wie später als Deckhengst. Bei seinen Lieferungen in die Max-II-Kaserne lernt mein Vater 1943 auch den dort zum Militärdienst eingezogenen Trabertrainer Max Bortlinger kennen. Der wird an Renntagen manchmal freigestellt und darf dann die Pferde des Gestüts Straßlach fahren. An ihn mache ich mich einmal heran und frage, ob ich denn nicht zum Trockenführen der Traber nach dem Rennen in den Stall Straßlach kommen darf. »Wennst magst, aa unter der Woch' in der Friah', wenn Schnelltag is«, antwortet er lachend. »Da kannst di nacha dumm und dappig führn.«

Es wird ein Hobby daraus, das, um ehrlich zu sein, auch eines meiner Motive wird, mich unter keinen Umständen im Rahmen der »Kinderlandverschickung« in so ein KLV-Lager abschieben zu lassen; auch nicht zu den Großeltern väterlicherseits, die mir angesichts der immer heftiger werdenden Luftangriffe vorschlagen,

Als Zuschauer dabei (ganz links im Hintergrund), wenn am 16. August 1944 auf der Galopprennbahn in Riem das letzte »Braune Band von Deutschland« gelaufen wird. Im Vordergrund die siegreiche Stute Berberitze aus dem Rennstall der SS-Hauptreitschule mit Jockey Bruno Hamann im Sattel.

doch zu ihnen nach Windach zu kommen. Im nahen Landsberg am Lech wäre ja auch eine Oberschule …

Ich beginne, ein »Rennsport-Tagebuch« zu schreiben, das ich sogar immer mit in den Luftschutzkeller nehme. Beim Trockenführen bleibt es nicht. Noch heute kann ich in dem zerschlissenen Hefterl unter dem 3. August 1944 den Eintrag lesen: »Erstmals mit Nora Bush allein um die Rennbahn gefahren! Mein bisher tollstes Erlebnis!«

Ein mir bis dahin nur vom Sehen bekannter Trainer – nach einer Verwundung beurlaubt – steht an diesem Tag im Stalleingang und spannt an: Karl Rockinger. »Was is mit dir?«, fragt er mich barsch, als ich eintrete. »Ich darf hier manchmal trockenführen«, antworte ich etwas verschüchtert. Er darauf: »So? Kannst nacha fahrn aa?« Jetzt oder nie, denke ich und sage schlicht »Ja«. Schon sitze ich im Sulky, und Rockinger sagt: »Viermal langsam um d' Bahn rum, dann komm' i raus und steig' auf.«

Auf den ersten Metern, noch im Stallgelände, fällt es mir schwer, die gerade Linie zu halten. Und Rockinger ruft mir nach: »Aber recht oft, moan i, bist du no ned gfahrn!« Ich ziehe nur den Kopf ein, und ab geht's. Als ich dann absteige und er aufsitzt, strahle ich übers ganze Gesicht. »Gell Bua, des hat da gfalln«, sagt jetzt auch Rockinger und schmunzelt freundlich dazu.

Die drei schrecklichen Juli-Angriffe liegen erst wenige Tage zurück, und ich weiß, dass es in jedem Augenblick wieder krachen kann. Doch so verrückt es klingen mag: Beim Heimradeln denke ich, das war heut der schönste Tag in meinem Leben. Aber es drängt sich mir auch gleich die Frage auf, ob ich mich nicht bei diesem Gedanken versündige, wo es doch heißt, der Tag der ersten heiligen Kommunion habe eigentlich als schönster Tag im Leben zu gelten.

Nicht der schönste, sondern der letzte Tag des Lebens – um nun zu der Geschichte mit Kommerzienrat Kraus zu kommen – hätte für mich kurz zuvor Dienstag, der 11. Juli 1944, werden können. Es ist der erste Tag der schweren Juli-Angriffe. Kraus lässt sich ein paar seiner Traber vorfahren. Ich führe einen davon, die Lotte Bush, anschließend trocken. Gegen 11 Uhr ertönt zum ersten Mal die Sirene. Voralarm. »Wenn Voralarm ist, setzt du dich sofort aufs Radl und kommst heim, sonst können wir dich nicht mehr nach Daglfing lassen«, lautete die elterliche Vorschrift. Ich will mein Führpferd loswerden. Doch von den Stallleuten hat jeder zu tun. »Überhaupts«, sagt einer, » mir ham doch glei da vorn vorm Stall den Erdbunker. Da bist' sowieso vui sicherer ois drin in da Stadt.« Der Hinweis nützt mir nichts, denn ich muss ja bei Voralarm sofort heim – sonst …

Der Herr Kommerzienrat bekommt den Wortwechsel mit und sagt: »Komm her, ich nehm dir die Lotte ab. Folg nur deinen Eltern und fahr schnell heim.« Bei der Prinzregentenbrücke überholt mich der kleine grüne

Fiat mit dem Holzgasgenerator hinten drauf, mit dem sich inwischen auch der Herr Kommerzienrat auf den Weg gemacht hat. Dankbar nicke ich ihm noch einmal zu. Es ist kurz nach halb zwölf. Da heulen die Sirenen wieder. Hauptalarm. Noch ist es nur etwas dunstig, doch ein Unwetter steht am Himmel – in zweierlei Hinsicht. Die ersten Flaksplitter prasseln neben mir nieder. Ich trete fest ins Pedal: Von-der-Tann-Straße, Ludwigstraße, Adalbertstraße – endlich daheim in der Arcisstraße. Schnell in den Luftschutzkeller, und schon geht es los. Draußen in Daglfing fällt eine Bombe auf den Erdbunker im Stallgelände. Zehn der Insassen kommen zu Tode, andere werden zum Teil schwer verletzt. Wäre der Herr Kommerzienrat nicht gewesen, wer weiß ...

Lieber zu BMW als zum Hopfenzupfen

Im Frühjahr 1944 schließen in München alle Schulen. Nur zu den 16-Jährigen und etwas Älteren, die an den Stadträndern bei der »Heimatflak« eingesetzt sind, kommen noch Lehrer in die Stellungen und erteilen dort Unterricht. Die Gisela-Oberschule wird komplett nach Urfeld am Walchensee evakuiert. In der Ferienzeit müssen aber alle Schüler aus den Mittelklassen drei, vier und fünf zum Hopfenzupfen in die Hallertau. Ist man allerdings, so wie ich, noch nicht 14 und noch dazu »bedingt tauglich«, gibt es eine Möglichkeit, in München zu bleiben. Man hat sich bei der »Jungbann-Führung« in der Goethestraße zu melden und wird dort für die Ferienzeit anderweitig »kriegsdienstverpflichtet«, das heißt, einem »wehrwichtigen Betrieb« am Ort zugeteilt. Ich muss mich bei den BMW-Werken in Milbertshofen melden.

Ein Jungvolk-Dienst mit regelmäßigem »Antreten«, wie er bisher organisiert war, lässt sich in der Stadt nach Schließung der Schulen mangels Masse bald nicht mehr aufrechterhalten. Für die wenigen zurückgebliebenen Pimpfe sind deshalb jetzt die einzelnen Ortsgruppen der Partei zuständig, und da hat man für die paar Hanseln, die es überhaupt noch gibt, auch gleich eine Aufgabe. So bin ich von sofort an »Luftschutzmelder«. Als solcher habe ich mich – ausgenommen, es gibt im eigenen Wohnhaus Lösch- oder andere Rettungsarbeiten – nach jedem Angriff für Botendienste in der »Ortsgruppe Schraudolfstraße« einzufinden.

Froh, dass ich dem Hopfenzupfen ausgekommen bin, trete ich meine neuen »Ämter« an. Und es schmeichelt mir, ehrlich gesagt, schon ein wenig, dass ich bei BMW gleich einen Werksausweis nebst Ansteckplakette bekomme, die mich als Betriebsangehörigen kennzeichnen. Schließlich hatte ich doch gerade erst den Propagandafilm »Junge Adler« gesehen, in dem die Nachwuchsschauspieler Gunnar Möller, Hardy Krüger und Dietmar Schönherr – beide gar nicht so viel älter als ich – Lehrlinge in einer Flugzeugwerft spielen und sich dabei als tolle Kameraden bewähren. Der Verlockung, sich mit ihnen irgendwie zu identifizieren, kann ich nicht ganz widerstehen.

Bei BMW teilt man mich der »Wehrmachtsverbindungsstelle« zu. Der Tag beginnt mit Brotzeitholen in einer nahe gelegenen Bäckerei. Dann sind die durcheinandergeratenen Karteikarten mit den Namen der UK-gestellten, also der in der Produktion unabkömmlichen und deshalb vom Militär frei gestellten Mitarbeiter, wieder alphabetisch zu ordnen, ebenso die der

Mit Freund Heinz Baumgärtner beim Baden im Starnberger See im Sommer 1941

gegenwärtig zur Wehrmacht Eingezogenen, von denen manchmal wieder welche angefordert werden. Ehe er mich an die Karteikarten lässt, muss ich dem Abteilungsleiter, Herrn Hatzinger, allerdings sicherheitshalber erst einmal das Alphabet vorsagen. Innerhalb des Betriebsgeländes werde ich als Werksbote herumgerschickt, und es gilt, mit aufzuräumen und zu säubern, wenn nach einem Luftangriff in unserem Bürotrakt wieder einmal alles voll Splitter und Scherben ist.

Besagter Herr Hatzinger, ich schätze ihn Ende fünfzig, ist immer sehr freundlich zu mir. Auch bei einer Gelegenheit, bei der ich zumindest eine gewaltige Standpauke erwarte: 9. Juli 1944. In Daglfing steht das »Goldene Pferd von Deutschland« auf dem Programm.

»Hänschen« Frömming kommt mit Iltis, dem aktuell besten deutschen Traber, aus Berlin! Da muss ich hin! Ob ich morgen, obwohl zum Sonntagsdienst eingeteilt, daheimbleiben könnte, frage ich tags zuvor den Abteilungsleiter. Unser Goliath-Dreiradler sei gerade in Reparatur, da bräuchte mich mein Vater auch noch in den folgenden drei, vier Tagen dringend, damit ich mit dem Lieferrad in die Kasernen fahre.

Ich stoße auf Verständnis – tags darauf, auf der Trabrennbahn, aber auch auf Herrn Hatzinger, der sich offensichtlich das große Turf-Ereignis ebenfalls nicht entgehen lassen will. Er dreht sich schnell von mir weg. Auch am Arbeitsplatz verliert er in der Woche danach über die Begegnung kein Wort. Aber etwas später sagt er zu mir: »Bist' aa traurig, dass' beim letztn Luftangriff ausgrechnet den Iltis nach seim scheena Sieg derwischt hat, wia s'n wieder nach Berlin ham verladn wolln? Aber wenigstens dem Frömming is nix passiert.«

So einen Luftangriff will ich keinesfalls bei BMW miterleben, wo es bereits einige Werkshallen getroffen hat. Eigentlich darf das Werk im Fall eines Fliegeralarms bis zur Entwarnung weder betreten noch verlassen werden. Doch da kommt mir meine Luftschutzmelder-Ausstattung zugute, mit der ich immer losziehe, wenn ich am frühen Morgen mit dem Radl nach Milbertshofen aufbreche: Blaugrauer Helm, Gasmaske, Schutzbrille, Stift mit Spezialsalbe zur Schnellbehandlung von Phosphorspritzern auf der Haut und – das Wichtigste – eine schmale, rote Hakenkreuz-Binde, die mir auch während eines Fliegeralarms den sonst verbotenen Aufenthalt auf der Straße, ja sogar den Durchgang durch abgesperrtes Gelände ermöglicht. Mit diesem Helm auf

Aus dem Schulausweis von 1943: Der Drittklassler Franz Freisleder

dem Kopf, der Armbinde am Joppenärmel und einem salopp hingeworfenen »Heitler!« komme ich bei Alarm jedes Mal an der Torwache vorbei. Dann schnell aufs Radl, das ich vorsichtshalber schon immer außerhalb des BMW-Geländes an eine Hausmauer lehne, und ab in die Arcisstraße, wo ich mich im von Holzbalken abgestützten häuslichen Luftschutzkeller sicherer fühle als in der Motorenfabrik.

Übrigens, was die Gasmaske betrifft: die führe ich nur mit mir, weil sie zur Melder-Ausrüstung gehört. Aufgesetzt vermittelt sie mir zu sehr das Gefühl von Atemnot. In der Praxis, beim Löschen in rauchigem Umfeld, bevorzuge ich deshalb neben der Schutzbrille ein mit Essigwasser getränktes Tuch, das sich gut umbinden lässt.

Zwölf Mal brennt's bei uns im Haus

Öffentliche Luftschutzkeller, Hochbunker zumal, die man – bei Hauptalarm unterwegs – grundsätzlich sofort aufsuchen müsste, sind mir wegen der vielen Menschen ein Horror. Keinen der Luftangriffe auf München – und ich komme keinem Einzigen aus – erlebe ich in so einem Kasten. Viele Menschen denken da anders. Ihnen geht es inzwischen nicht mehr um ihre Habe, sondern nur noch um ihre Haut.

Bei Voralarm beobachte ich häufig eine kleine Völkerwanderung, die – aus der Arcis- und den Nachbarstraßen kommend – in Richtung Luisenbunker einsetzt. Der mag wohl sicherer sein als der heimische Luftschutzkeller. Nicht selten aber hat dieses Verhalten auch zur Folge, dass Löschversuche nach der Rückkehr zu spät kommen und das Wohnhaus abbrennt. Unseres stünde jedenfalls nicht mehr, hätten es die Bewohner vor jedem Angriff verlassen. Denn nicht weniger als zwölf Mal sind wir lange bevor die Sirenen Entwarnung geben in den verschiedenen Stockwerken unterwegs, bilden Eimerketten, können die Phosphorkanister und Stabbrandbomben löschen, ehe größere Schäden entstehen. In der Augustenstraße freilich – ich erlebe sie einmal kurz nach einem Angriff als nächtliche Flammenallee mit herabstürzenden Balken auf beiden Seiten – hätte wohl selbst das größte Beharrungsvermögen der Bewohner nichts mehr ausgerichtet.

Das Vermeiden der Massenbunker-Enge verschont mich nicht ganz vor klaustrophobischen Anwandlungen. Manchmal muss ich sie auch daheim unterdrücken, wenn wir bei dicht verrammelten Türen im Keller sitzen oder liegen und darauf warten, dass Krach und Erschütterungen endlich nachlassen. Bei solchen Gelegenheiten ist ein tröstlicher Hinweis willkommen, wie ihn der spätere Pressefotograf der »Süddeutschen Zeitung«, Walter B. France, in unserem Luftschutzkeller zum Besten gegeben hat. Er ist Mitglied jener Dolmetscherkompanie, die zum Kernstück der »Freiheitsaktion Bayern« werden wird. In München stationiert, kann er manchmal seine im Haus wohnende Mutter besuchen. Als es über uns wieder einmal tobt, beschwichtigt er: »Was wir vorher pfeifen hören, schlägt bei uns nicht ein.« Nur allzu gern will ich ihm glauben.

Kronsardinen und »fettfreie Fettsparmasse«

Etwas früher als eigentlich vorgesehen kann ich meinen Dienst bei BMW beenden. Ein Antrag meines Vaters bewahrt mich auch vor dem KLV-Lager, der sogenannten »Kinderlandverschickung« nach Urfeld, wo die »Gisela« inzwischen ihr Ausweichquartier hat. Mit den verschiedenen Heereslieferungen ist ja auch Vaters Bäckerei ein »wehrwichtiger Betrieb«, für den er mich nun mit Erfolg reklamiert.

Ganz abgesehen von der Mithilfe beim Löschen, kann man mich daheim gut gebrauchen: am frühen Morgen schon in der Backstube, später im Laden, im Haushalt. Da sind die Nachschub-Lieferfahrten mit dem Radl in die Heeresküchen und -kantinen, ist das abendliche Markenkleben mit Wasserglas und das Abliefern der vollgepappten Bögen in der Bezugsscheinstelle an der Mandlstraße. Da ist auch das eimerweise Wasserschleppen vom nächsten Hydranten, wenn wieder einmal aus dem Wasserhahn einige Tage kein Tropfen fließt, weil die Zuleitung getroffen wurde. Und weil ja auch der Betrieb reichlich mit Wasser versorgt werden muss, brauchen wir eine Menge davon. Das heißt: bei jedem Gang wieder Schlange stehen.

Anstehen heißt es auch, wenn nach einem winterlichen Luftangriff am Elisabethplatz der »Hilfszug Dr. Goebbels« vorfährt und aus der Gulaschkanone an jedermann kostenlos und ohne Marken dicke, heiße Erbsensuppe verteilt. Noch wichtiger ist dieser Hilfszug mit seinem langen Anhänger aber für die Ausgebombten. An sie wird Winterkleidung verteilt. Nicht lange warten muss ich hingegen in der Nordsee-Fischhalle am Elisabethplatz. Während vorn die Menschen Schlange stehen, darf ich am Hintereingang anklopfen. Für jeweils ein paar Brote »ohne« bekomme ich gleich meine mitgebrachte Schüssel mit Kronsardinen gefüllt. Es gibt immer nur Kronsardinen. Größere Fischsorten schaffen in diesen Tagen nicht mehr den weiten Weg von der Nordsee bis in die Schwabinger Filiale. Wahrscheinlich verschwinden sie schon unterwegs in anderen Kanälen.

Mit dem Leiterwagerl schickt man mich auch manchmal zur Gärtnerei Oellbrunner nach Milbertshofen, um dort Brot gegen Gemüse einzutauschen. Die rar gewordene Hefe und verschiedene Ersatz-Backhilfsmittel müssen in der »Elbim«, der Einkaufs- und Liefergenossenschaft der Bäckerinnung München, besorgt werden. Nach Zerstörung ihres Stammhauses in der Maistraße 12 und eines ersten Ausweichquartiers in der Herzog-Heinrich-Straße ist sie in der Neuturmstraße gelandet. Mit einem zweirädrigen Schubkarren – wegen der größeren Ladefläche – geht es dorthin durch zugeschüttete Straßenzüge, die zum Teil nur mehr enge, holprige Pfade sind. Doch manchmal ist – ebenfalls nach langem Anstehen – doch nur ein einziger Kübel »fettfreie Fettsparmasse« die spärliche Ausbeute. Der inzwischen nobel herausgeputzte Eingang zu diesem Eckhaus empfängt heute die Gäste des Hotels Mandarin Oriental.

»Hitler-Glas« und »Blauer Heinrich«

Hat es zunächst noch Sinn, wenn wir nach einem Luftangriff die zersplitterten Fenster aushängen und ich sie zum Glaser in die Neureuther-Straße trage, so ist dieser Gang später oft vergebens. Richtiges Fensterglas ist kaum mehr zu bekommen – und es geht häufig ja auch gleich wieder in Scherben.

Als Ersatz dafür organisiert mein Vater ein paar Rollen »Hitler-Glas«, ein dünnes Drahtgeflecht, das mit undurchsichtigem, aber lichtdurchlässigem Kunststoff beschichtet ist und sich beliebig zuschneiden und auf den Fensterrahmen nageln lässt. Vor Leuten, die immer noch demonstrativ an den »Endsieg« glauben, spricht man aber besser von Kunststoff-Fensterglas, sonst könnte es einem womöglich ähnlich ergehen wie einer Frau aus unserer Nachbarschaft. Die verlangt bei der Milchfrau Lettenbauer in der Georgenstraße »a Hoibe blauen Heinrich«. Ein anderer Kunde empfindet das als so despektierlich, dass er sie bei der Partei hinhängt. Die »Sünderin« muss daraufhin in der Ortsgruppenleitung erscheinen und dort nach einer »informativen« Standpauke nachsprechen, dass es »deutsche entrahmte Frischmilch« heißt.

... doch Foxl Struppi überlebt

Die Eltern wissen meine Mithilfe im Betrieb – zunächst ja auch noch neben der Schule – zu schätzen. Sind froh, dass ich keinesfalls ins KLV-Lager will und gestehen mir deshalb so manche Freiheiten zu, die man in geordneten Friedensjahren als Zwölf-, Dreizehn-, Vierzehnjähriger nicht hätte. Gilt es doch auch immer wieder traumatisierende Erlebnisse wegzustecken wie nach einem der Juli-Angriffe 1944: Ich bin gerade dabei, zusammen mit einem Nachbarn aus dem Laden der Metzgerei Dietrich im brennenden Eckhaus gegenüber den Hackstock

herauszurollen, als unmittelbar hinter uns die Decke herunterbricht.
Oder Szenen wie die nach einem Nachtangriff im Januar 1945: Eine Zeitzünder-Luftmine explodiert im Morgengrauen vor einem nahe gelegenen Hinterhaus in der Georgenstraße. Ich klopfe im Hof gerade einen Teppich aus, der mit Glassplittern übersät ist. Plötzlich ein gewaltiger Krach. Die Erde zittert. Unwillkürlich blicke ich nach oben, sehe Pflastersteine und andere Trümmer übers Dach fliegen und erreiche gerade noch rechtzeitig die Tür ins Haus, ehe die ersten Brocken hinter mir auf den Boden niederprasseln.

Wenig später beobachte ich, wie man die angekohlte Leiche des Herrn Strehle auf die Georgenstraße herausträgt. Er hat die Aufforderung, das vom Zeitzünder gefährdete Haus sofort zu verlassen, nicht schnell genug befolgt. Der Struppi, sein kleiner Foxl, hat überlebt und trottet jetzt traurig hinter der Bahre her. Herr Strehle ist nicht der einzige Tote, den ich zwischen Sommer 1944 und Frühjahr 1945 in nächster Nachbarschaft zu sehen bekomme.

Und noch ein paar unvergessliche Straßenszenen

Stark prägt sich mir auch das Bild einer kleinen Männergruppe in weißblau gestreiften Kitteln ein, streng von bewaffneten SS-Schergen bewacht. Es sind KZ-Häftlinge aus Dachau. In der Georgenstraße, nur zweihundert Meter von unserem Haus entfernt, müssen sie einen Blindgänger ausbuddeln und entschärfen. Die nähere Umgebung ist benachrichtigt und aufgefordert, die Luftschutzkeller aufzusuchen. Die Mühe, im Umkreis mehrerer Kilometer zu räumen, macht man sich in diesen Tagen nicht. Es ist in dem Fall glücklicherweise auch nicht nötig.

Nach einem der Juli-Angriffe 1944 beschert uns ein kleiner Bombenkrater nahe unserem Haus, mitten in der Arcisstraße, zwischen Neureuther- und Georgenstraße, eine unerwartete »Idylle«: Eine unterirdische Wasserleitung ist getroffen worden, und so füllt sich der Krater ungefähr zwei Wochen lang immer wieder zum Teich. Wenn es Feierabend wird, holt man sich Hocker, Stühle, ja sogar eine Sitzbank aus dem Haus, gruppiert sie um das leicht rauschende kristallklare Wasser, lässt manchmal auch die Beine darin baumeln und ratscht miteinander, bis es dunkel wird – oder die Sirenen wieder heulen.

In diesen Tagen komme ich auch zu meinem ersten »Feindkontakt«, zwei amerikanischen Luftwaffensoldaten. Natürlich empfinde ich Genugtuung, dass man ihr Flugzeug abgeschossen hat – und doch auch Mitleid mit den beiden Piloten, die sich mit dem Fallschirmhaben retten können. Die beiden Amerikaner werden von zwei Soldaten durch die Arcisstraße geführt. Einer der beiden humpelt. Abgekämpft und grau im Gesicht starren sie auf den Boden, weichen allen Blicken aus. Doch kein Schimpfwort fällt. Niemand pöbelt sie an. Ob die sich aus dem Jagdbomber gerettet haben, der, wie ein Passant berichtet, an diesem Tag in die Mandlstraße gestürzt ist? Die zwei Piloten hätten auch noch Glück gehabt, über der Stadt gelandet zu sein, meint ein anderer. Draußen auf dem Land sei es schon vorgekommen, dass man abgesprungene feindliche Flieger gleich nach der Landung erschossen habe. »Der Bormann«, so sagt er, habe sogar direkt zur Lynchjustiz aufgerufen.

Am Sonntag, dem 29. April 1945, einen Tag vor dem Einmarsch der Amerikaner in München, zieht ein anderer Trupp durch die Arcisstraße: Waffen-SS, ganz junge Burschen noch, in nagelneuen Tarnanzügen und mit Maschinenpistolen bewaffnet, voraus ihr Kommandeur, sichtlich nur wenig älter. In zwei Reihen, jeweils ein Mann hinter dem anderen, die beiden Straßenseiten flankierend, marschieren sie in Richtung »Führerbauten«. Wollen sie die etwa verteidigen? Ich stehe am Straßenrand, neben mir die Frau Schmidbauer, eine ältere Hausmitbewohnerin. »Buam, seids doch ned bläd, hauts doch ab!«, zischt sie einem der jungen Uniformierten zu. Der bekommt einen hochroten Kopf, traut sich aber nicht, ihn der alten Frau zuzuwenden, sondern marschiert, starr geradeaus blickend, weiter.

Von diesem letzten Aufgebot bekomme ich später nichts mehr zu sehen – bis auf einen Mann: den jungen Truppführer. Tot liegt er zwei Tage später, flüchtig mit einem Tuch bedeckt, am Rand eines der beiden »Ehrentempel«. Dieses traurige Bild bietet sich uns bei einem Abstecher zum Königsplatz, den ich zusammen mit einem Freund unternehme. Ist da ein einsamer, fanatischer Verteidiger noch in letzter Stunde im Kampf gefallen? Oder haben ihn gar die eigenen Leute über den Haufen geschossen? Neugierig durchstöbern wir die leeren Räume eines der »Führerbauten« (heute Musikhochschule). Niemand hindert uns. In einem der großen Zimmer liegen noch zwei schwarze Telefonapparate, die Kabel ausgerissen, am Boden. Die nehmen wir mit und richten uns damit daheim eine »private« Telefonverbindung ein. Zwischen Parterre und erstem Stock ist das kein Problem, wohnen wir doch im gleichen Haus.

Für das Anläuten gelingt uns leider nur eine ziemlich konservative Lösung: eine Schnur, von Fenster zu Fenster über den Hof gezogen, mit jeweils einem Glöckerl an beiden Enden. Ein paar Wochen lang dulden die Erwachsenen unsere Installation. Dann müssen wir sie wieder abmontieren.

Flucht ins Abenteuer und in die Traumwelten

Doch wieder zurück in die letzten Kriegsjahre: Geradezu erschreckend schnell schiebe ich, rückblickend gesehen, das Schreckliche, das einem in dieser Zeit so oft begegnet, beiseite. »Wie kann das sein?«, mögen sich die Leserin oder der Leser von heute fragen: Da kommen – so die offizielle Statistik – in dieser Stadt bei 71 Luftangriffen fast 7000 Menschen ums Leben, zerstören rund 61 000 Sprengbomben, 142 000 Phosphorkanister und 3,3 Millionen Stabbrandbomben 45 Prozent der Münchner Bausubstanz, und ein Bub, der mitten drinnen steckt, hat noch einen Kopf für die Rösser in Daglfing und Riem, fürs Kino, fürs Theater, für riskante Abenteuerspiele? Es war eine Traumwelt, in die ich mich besonders dann ganz bewusst flüchtete, wenn ich wieder einmal mit dem Schrecken davongekommen war. Derlei Ablenkungen halfen mir auch, die Angst vor all dem Schrecklichen zu verdrängen, das sich unweigerlich über kurz oder lang wiederholen würde – eine Art instinktive Selbsttherapie also. Damals gab es eben im Gegensatz zu heute, wo bei dramatischen Situationen sofort der Psychologe zur Stelle ist, keinen Spezialisten, der Schocks oder posttraumatische Störungen behandelt hätte. Wenn da in prekären Situationen jemand allzu auffällig reagierte, regelte man das auf eher robuste Weise. Als es bei einem Luftangriff wieder einmal gewaltig schepperte, der Boden bebte und das Kellerlicht ausging, fing eine Hausmitbewohnerin laut zu beten an. Nicht lange, und es ertönte eine Männerstimme aus dem Dunkeln: »Herrschaftszeit'n – bet'n S' hoid staad!« Zwei Mal, so erinnere ich mich, versagen auch mir die Nerven, äußert sich das Gefühl der Ohnmacht, des Ausgeliefertseins, in einem Weinkrampf: Es ist zwischen zwei Tagesangriffs-Wellen im Juli 1944 und vor einem Doppelangriff am Abend des 7. Januar 1945. Eine Ahnung des Kommenden beschleicht mich an diesem Sonntag bereits am frühen Nachmittag und verdichtet sich dann, so dass ich nur weg will, heraus aus der Stadt! Aber wohin so schnell?

Apropos riskante Abenteuerspiele: Steht in den ersten Kriegsjahren noch das harmlose Sammeln von Flakgranatensplittern hoch im Kurs, so sind es später schon manchmal recht waghalsige Streifzüge durch die einsturzgefährdeten Ruinen zerbombter Häuser. Auf solchen Grundstücken oder in den Höfen liegen nach den Angriffen oft noch die armlangen, sechseckigen Stabbrandbomben herum. Bündelweise sind sie abgeworfen worden, aber nur zum Teil explodiert. Bald haben wir heraus, wie man sie unschädlich macht. Man wirft aus einer geschützten Ecke den silbrigen Stab mit dem Zündkopf voraus auf ein hartes Stück Boden, und schon beginnt es zu sprühen, als hätte sich ein weihnachtlicher Riesensternwerfer entfacht. Nach wenigen Minuten ist der Spuk wieder vorbei. Die Eltern dürfen natürlich von derlei »Späßen« nichts erfahren. Sollte man dennoch einen Funken abbekommen, so ist das lange nicht so schlimm wie bei einem Phosphorkanister. Gerät da auch nur ein kleiner Spritzer auf die Haut, was mir beim Löschen ein paar Mal passiert, dann heißt es schnell die bereits erwähnte gelbliche Paste darüber schmieren, sonst vertieft und weitet sich die Wunde im Nu.

Als ich vor Kurzem in einer Zeitungsmeldung las, dass die dazu abgebildete Stabbrandbombe mir wohlbekannten Typs in einer städtischen Anlage entdeckt und mit großer Vorsicht von Experten entsorgt worden sei, musste ich schmunzeln, hieß es doch auch, man habe während dieser Aktion sicherheitshalber die Umgebung abgesperrt.

Auch das Oberwiesenfeld, der große Münchner Exerzierplatz, wird in den letzten beiden Kriegsjahren nach wie vor von uns Buben gern zum Freizeitpark zweckentfremdet, und das, obwohl diese Exkursionen immer riskanter werden. Meine ersten Radlausflüge dorthin, schon bald nach Kriegsbeginn, galten vor allem dem Flugplatz, auf dem auch nach der Eröffnung des Riemer Airports noch Maschinen starteten. Beliebte Ziele waren auch die Tümpel rund um das kleine Wäldchen, das die Erwachsenen »Pumperhölzl« nannten und dazu immer so komisch lachten. Dort konnte man Kaulquappen fangen, die daheim in einem Löschwasserbottich im Hof zu Fröschen heranwachsen sollten – ein Versuch, der leider nie geglückt ist. Inzwischen sind es die nun zahlreich angelegten Laufgräben, die uns zu Versteckspielen und Verfolgungsjagden animieren, umso mehr, als das Betreten streng verboten ist. Wie die Hasen springen wir davon, wenn uns wieder einmal ein Soldatentrupp überrascht und gar einer schreit: »Stehen bleiben oder ich schieße!« und dann tatsächlich einen Schuss in die Luft abfeuert. Begehrte Beute bei derlei

Ausflügen sind leere Hülsen von Gewehrpatronen. Ein paar Handgriffe mit der Zange, und schon werden daraus schrill tönende Pfeiferl.

Mein Heimweg führt vorbei an der Schwere-Reiter-Kaserne am Rand des Oberwiesenfelds. Da stehen dann manchmal dicht am Gitter ein paar Buben und rufen im Chor nach oben:

»Schenk' ma an Kommiss, / weil i'n so gern iss, / weil i'n so gern mag, /drum kimm i alle Tag!«

Das eine oder andere Fenster der oberen Stockwerke öffnet sich dann, und gutherzige Soldaten werfen einen Kanten oder gar einen ganzen Wecken Kommissbrot auf die hungrigen kleinen Bettler herunter.

Vom Auf- und Abspringen bei der »Bockerlbahn«, egal, ob sie Personen oder Schutt befördert, hält mich auch der Unfall meines zwei Jahre älteren Freundes Franzl Meiler nicht ab, der bei so einer Gelegenheit im Herbst 1944 unter die Räder kommt. Mit gequetschtem Oberschenkel liegt er zunächst in einem mit Betten voll gestellten Kellergang des Schwabinger Krankenhauses, wo ich ihn besuche. Auf dem Boden mehrere Haufen mit blutgetränktem Verbandsmaterial, das auf Abtransport wartet – und einen ekelhaften Geruch verströmt.

Franzl hat das Glück, ins Tölzer Ausweichquartier des Münchner »Reservelazaretts Hohenzollernschule« verlegt zu werden, wo ihn dessen Chef wieder so herstellt, dass später nur ein paar Narben bleiben. Dieser Chef ist Professor Max Lange, seinerzeit der führende Kriegsorthopäde, dem tausende verwundete Soldaten zu Dank verpflichtet sind. 1954 wird er Lehrstuhlinhaber für Orthopädie an der Münchner LMU und genießt international einen hervorragenden Ruf.

Ende Januar 1945 mache ich mich mit einem gemeinsamen Freund auf, um Franzl in Tölz zu besuchen. Die Hinfahrt per Bahn am Vormittag wird zweimal wegen Tieffliegeralarm unterbrochen. Der Zug hält an. Wir müssen aussteigen und uns im Gelände verteilen. Doch mehr passiert nicht. Die abendliche Rückfahrt verläuft ohne Störung.

Die allerletzte Vorstellung

Noch im Jahr 1944 bieten sich Möglichkeiten für unvergessliche Kino- und Theaterbesuche. An einem Sommertag fahre ich mit dem Radl zur 14-Uhr-Vorstellung ins Luitpold-Filmtheater. Man spielt »Herr Sanders lebt gefährlich«, einen heiteren Krimi mit Paul Verhoeven. Gleich nach der »Deutschen Wochenschau«, unterbricht jedoch die Sirene. Also raus aus dem Kino, rauf aufs Radl und heim. Es folgt ein heftiger Tagesangriff.

Gegen 17 Uhr ist der Spuk vorüber. Wieder aufs Radl, vorbei an brennenden Häusern in der Barerstraße und nachgesehen, ob das Luitpold-Kino noch steht. Ja, es wird sogar gespielt, und die für 14 Uhr gekauften Karten sind auch noch für 18 Uhr gültig. Gern nehme ich das Angebot wahr. Wenigstens das gefährliche Leben des Herrn Sanders macht ungetrübten Spaß.

Besonderes Vergnügen, ja geradezu Genugtuung bereitet mir am Sonntag, dem 17. Dezember, der Film »Hochzeitsreise zu dritt« mit Marte Harell und Wolf Albach-Retty, der in den Schelling-Lichtspielen läuft. Das ist nämlich ein »Achtzehner« – und ich bin ja noch nicht einmal Vierzehn. Die Vorgeschichte: Mit meinem Freund Heinz Baumgärtner, sechzehn und gerade zum Volkssturm verpflichtet, radle ich zu den National-

Lichtspielen an der Müllerstraße. Nach dem Krieg wird dort Rainer Werner Fassbinder sein erstes Privattheater betreiben. Wir wollen die 15-Uhr-Vorstellung von »Der Außenseiter« mit Heinz Rühmann besuchen – leider nur »ab 18 Jhr.«, wie es im Inserat heißt. Doch was soll da einem gestandenen Volkssturm-Mann schon passieren? Ich selbst muss natürlich etwas nachhelfen. Also ziehe ich die erst kürzlich auf »Kleider-Punkte« erworbene braune Schildmütze tief ins Gesicht, schlage den Kragen meines Wintermantels hoch, stelle mich in die Schlange – und bekomme problemlos meine Eintrittskarte. Nicht so – Volkssturm hin, Volkssturm her – der hinter mir anstehende Freund. Nun bin ich aber schon drin. Die »Wochenschau« ist gerade zu Ende, und begleitet von flotter Musik erscheint auf der Leinwand bereits der Titel des Hauptfilms. Da öffnet sich noch einmal die Eingangstür. Drei Mann einer HJ-Streife, »bewaffnet« mit Taschenlampen, deren Licht sie über die Sitzreihen gleiten lassen, durchkämmen das Kino. Ein Lichtkegel bleibt auf meinem Gesicht haften. »Du bist doch noch keine achtzehn – aber schleunigst raus!«, tönt es mir aus dem Dunkeln entgegen. Meine Eintrittskarte bringe ich zum Glück spielend los, denn an der Kasse gibt es keine mehr. Und draußen auf der Straße erwartet mich feixend Freund Heinz. »Ich wollt grad wegfahren« sagt er. »Da hab ich die HJ-Streife ankommen sehen und mir gedacht, du kommst jetzt auch gleich wieder.«

Beide sind wir entschlossen, die Schmach nicht auf uns sitzen zu lassen, und so kommen wir auf die Idee mit der »Hochzeitsreise zu Dritt«. Das ist wohl bloß ein Liebesfilm und wahrscheinlich nicht so spannend wie der »Außenseiter«, aber jedenfalls auch ein »Achtzehner«. Und das ist uns nach der Niederlage im National-Kino das Wichtigste. Kurze Unterrichtung der Eltern: Der Rühmann-Film sei schon ausverkauft gewesen, aber um 17 Uhr gäbe es gleich hier vorn im Schelling-Kino »einen lustigen Film mit dem Wolf Albach-Retty«. Nachdem die Sache auf diese Weise von mir verharmlost wurde, ist das Plazet nur noch mit der Einschränkung verbunden: »Aber danach kommst du sofort heim!«

Im Schelling-Kino, das haben auch wir schon gelegentlich ausgetestet, kommt man auch als Jüngerer leicht in einen »Vierzehner« oder sogar »Achtzehner«, wenn man an der Kasse statt »dritter Platz« oder »zweiter Platz« gleich lässig »Fauteuil« verlangt. So heißt dort der Logenplatz, den man sich natürlich nur in Ausnahmefällen leisten kann. In Bubenkreisen wird diese langgezogene Polsterreihe ganz hinten als »Wanzendiwan« bezeichnet. Auch diesmal klappt die Fauteuil-Masche.

Als sich die Ausgangstüren nach der Vorstellung öffnen, heulen die Sirenen. Im Trab sind die 500 Meter bis zu unserem Wohnhaus schnell geschafft. An diesem Abend des 17. Dezember 1944 steht uns in zwei Wellen einer der schwersten Luftangriffe bevor, die München bis dahin erlebt hat. Das Kino Ecke Arcis-/Schellingstraße ist am anderen Morgen eine rauchende Ruine. Wir waren in der allerletzten Vorstellung.

»Rutscherl« retten den Opern-Besuch

Es ist Sommer 1944, und wieder einmal gibt es nach einem nächtlichen Angriff in der ganzen Stadt keinen Strom. Ich aber bin im Besitz eines Billetts für die erste »Erwachsenen-Oper« meines Lebens. Eine Kundschaft hat es mir geschenkt. »La Bohème« mit Julius Patzak steht abends im Prinzregententheater auf dem Programm. Wahrscheinlich wird ja nun nichts daraus, denke ich. Doch sicherheitshalber radle ich am frühen Nachmittag zum Prinzregentenplatz, und tatsächlich heißt es dort: »Wir haben ein eigenes Stromaggregat und können spielen.« Schnell nach Hause und aus dem Keller meinen einzigen Anzug mit langer Hose heraufgeholt. Der Stoff aber, sichtlich keine Friedensware mehr, ist stark verknittert. Was tun? Das Bügeleisen kann man ja nicht anstecken. Da fällt meiner Mutter ein, dass im Keller noch ein paar sogenannte Rutscherl aus dem Haushalt der Großmutter liegen müssen – schiffchenartige Eisen, die man mit glühenden Kohlestückchen auffüllen kann, wie sie vor der Erfindung des elektrischen Bügeleisens in Gebrauch waren. Sie werden tatsächlich gefunden, und mein erster Opernabend ist gerettet.

Von Schlagertexten und Kuckucksrufen

Und noch ein Theaterbesuch, ebenfalls kurz nach einem Angriff, ist mir in lebhafter Erinnerung geblieben. Wieder einmal haben wir von irgendwoher Karten aufgetrieben. Meiner Mutter ist die Freude an derlei Ablenkungen jedoch abhanden gekommen, und so gehe ich mit meinem Vater durch die noch rauchende Franz-Joseph-Straße in Richtung Englischer Garten. Erst dort verflüchtigt sich der süßliche Phosphorgeruch, der unseren Weg bislang begleitet hat. Im Seehaus gibt es einen »Bunten Sonntagnachmittag« mit Ensemblemitgliedern der »Staatsoperette am Gärtnerplatz«. Unter anderem singt Waldemar Frahm, seinerzeit Münchens Lieblingsbuffo, den Ralph-Benatzky-Schlager »Freun-

derl, mir is toute même chose, / wenn ich heut' auch bloß / soo a Wurscht hab' ...«
Als er dabei einen kläglichen Wurstzipfel aus der Sakkotasche zieht, erntet er schallendes Gelächter. Dabei sind doch Benatzky-Lieder aus »rassischen Gründen« im »Dritten Reich« längst verboten, ebenso wie die mit Max Hansen, von denen wir daheim einige auf Schallplatten haben. Besonderen Spaß macht mir die Hitler verulkende Strophe aus dem Schlager »War'n Sie schon mal in mich verliebt«: »Hitler und der Sigi Cohn / kennen sich seit Jahren schon. / Eines Tages geh'n sie aus / miteinand ins Hofbräuhaus. / Doch schon bei der fünften Mass / werden Hitlers Augen nass ...«

Offiziell erwünscht sind um diese Zeit allerdings andere Schlagertexte. Ich kenne sie aus dem »Deutschen Wehrmachtswunschkonzert«, wo die aktuellen Stars von Marika Rökk über Heinz Rühmann bis Zarah Leander auftreten und ihre Lieder schmettern: »In der Nacht ist der Mensch nicht gern alleine ...«, »Das kann doch einen Seemann nicht erschüttern ...«, »Ich weiß, es wird einmal ein Wunnderr gescheh'n ...« Sie sind aber auch in anderen Unterhaltungssendungen zu hören, etwa der vom »Reichssender Leipzig«, aus der sich mir die immer gleiche Ansage eingeprägt hat: »Und wieder einmal wär's so weit / 's ist Montag, die gewohnte Zeit, / da wir von auserles'nen Dingen / Euch stets für jeden etwas bringen: / die schönsten Arien und Gesänge, / die farbigsten Orchesterklänge / – ein Strauß von tausend bunten Noten, / von ersten Künstlern dargeboten, / Wir wünschen Euch allen zwei Stunden lang / für unsere Sendung recht guten Empfang!«

Natürlich mischt sich unter die tausend bunten

Noten auch immer eine Portion Propaganda. »Das ist ja richtig – aber was kommt dann?« lautet der Refrain zu einer Art Moritaten-Gesang, den die beiden Kabarettisten Gisela Schlüter und Ludwig Manfred Lommel allwöchentlich servieren. Bei dem bekommen schon mal auch Mister Churchill oder Roosevelt ihr Fett ab.

Ähnliches kennt man von »Tran und Helle«, einer Kurzfilm-Serie, die jedes Kino jeweils vor oder nach der Wochenschau über die Leinwand flimmern lassen muss. Die beiden »Titelhelden«, die Schauspieler Ludwig Schmitz und Jupp Hussels, haben dabei in humoristischer Weise Themen wie »Feind hört mit«, »Kohlenklau« oder »Schwarzhandel« im »volkserzieherischen« Sinn unter die Leute zu bringen.

Der Radio ist bei uns fast den ganzen Tag über eingeschaltet, damit wir die »Kuckuck-Rufe« ja nicht versäumen. Diese gelten als Aufforderung, sofort auf Welle Laibach umzuschalten. Dort meldet sich dann, jeweils überbrückt durch ein regelmäßiges »Tacktacktack«, in mehr oder weniger regelmäßigen Abständen »die Befehlsstelle des Gauleiters« aus dem Bunker im Nockherberg unter dem Salvatorkeller, und man erfährt, ob wieder einmal einzelne oder mehrere »feindliche Kampfverbände im Anflug auf das Reichsgebiet« sind.

Auf unserem Radioapparat lässt sich noch ein anderer, offenbar für Dienststellen gedachter Informationssender einstellen, der noch etwas aktueller und präziser Auskunft gibt. Wenn dort gemeldet wird, die feindlichen Maschinen befänden sich jetzt »über dem Raum Freudenstadt«, dann ist ihr Ziel fast immer München. Und deshalb steigt jedesmal meine Nervosität, wenn dieser freundliche Ortsname aus dem Lautsprecher tönt.

Da höre ich mir dann doch lieber die zeitbezogenen Ablenkungsschnulzen an, wie sie serienweise produziert werden. Weil die meisten Trambahnschaffner ja an der Front stehen, singt etwa der Wiener Rudolf Carl: »Liebe kleine Schaffnerin, kling, kling, kling, / sag, wo fährt dein Wagen hin, kling, kling, kling ... / Liebe kleine Schaffnerin, gern bleib ich im Wagen drin. / Und ich küsse dann sehr galant / Deine kleine entzückende, kleine berückende, fahrkartenzwickende Hand ...«

In einem anderen Lied lässt er die bezugsscheinfreien Holzschuhe begehrenswert erscheinen, wenn er trällert: »Zwei kleine Klapperschuhe, klippklapp, klippklapp, klippklapp / die rauben mir die Ruhe, klippklapp, klippklapp, klippklapp. / Es ist auf diese Schuhe mein Mädel ach so stolz. / Es sind zwar ihre Schuhe, nicht aber sie aus Holz ...«

Natürlich kursiert auch unter uns Buben der Schlager »Es geht alles vorüber, es geht alles vorbei« – mit dem freilich nur unter handverlesenen Freunden strapazierten Nachsatz »und auch Adolf Hitler mit seiner Partei«.

Traurig stimmt es mich immer, wenn Wilhelm Strienz das Lied »Glocken der Heimat bringen mir Grüße zu« anstimmt. Und angesichts der Tatsache, dass in den »Münchner Neuesten Nachrichten« die Gefallenenanzeigen fast mit jedem Tag mehr werden, höre ich mit gemischten Gefühlen, wenn es aus dem Lautsprecher tönt: »Mein Schatz ist nur Gefreiter, / doch bringt er's auch noch weiter. / Er hat das Herz am rechten Fleck. / Ihn lieben alle Frauen, / doch kann ich ihm vertrauen. / Er hat die Ruhe weg. / Er schreibt in jedem Feldpostbrief: / ›Bei mir geht nie was schief‹ ...«

Der Tod des Luftwaffenhelfers

Bei anderen geht in diesem Sommer 1944 alles schief. Einer davon ist mein drei Jahre älterer Nachbar und Freund aus frühen Kindertagen, Dieter Wüst. Er wird das Kriegsende nicht mehr erleben. Als sechzehnjähriger Luftwaffenhelfer ist er mit seiner Flak-Batterie in Daglfing stationiert. Dort wird nebenher auch noch von Lehrkräften der »Gisela« Schulunterricht erteilt. An einem Nachmittag im Juli habe ich meine letzte Begegnung mit ihm. Er hat Ausgang und holt mich zu sich in die Wohnung im Haus gegenüber. Auf dem Klavier intoniert er »Wovon kann der Landser denn schon träumen ...«. Dann schenkt er mir seine kleine Sammlung mit Trapper- und Indianerfiguren, um die ich ihn früher immer beneidet hatte. »Ich brauch sie ja nimmer«, meint er lächelnd, als ich etwas zögere, sie anzunehmen.

Wenige Tage später, am 7. August, kommt die Todesnachricht. Dieters Mutter bittet mich, einen Koffer und das Fahrrad ihres Sohnes aus der Flakstellung zu holen. Aus Versehen habe er sich dort beim Hantieren mit einer Pistole erschossen. Verstört komme ich von dieser traurigsten Radfahrt meines Lebens zurück. Im Ohr habe ich noch den für mich rätselhaften Satz eines Unteroffiziers, der bei Übergabe der Habseligkeiten zu mir sagte: »Es is ihm ja auch nix anders übrig bliebn.«

Bei der Beerdigung im Nordfriedhof mit Flakhelfer-Ehreneskorte ist nur von einem »tragischen Unglücksfall« die Rede. Die Wahrheit erfahre ich erst später von Hans Ernst, Dieters Mitschüler, mit dem er in der Stellung ein Funkmessgerät bedient hat: Soldaten aus der Batterie hatten mit Ferngläsern neidvoll ein Rendezvous des jungen Flakhelfers mit seiner ersten Liebe am

Rand des Barackenlagers beobachtet – und dem Hauptmann gemeldet, es sei dabei zu höchst intimen Handlungen gekommen. Er sei darüber belehrt worden, dass er nicht selbst Hand an sich legen dürfe, schrieb der denunzierte Bub nach einem Gespräch mit seinem Batteriechef in einem Abschiedsbrief. Jedoch, so las der Hauptmann der versammelten Mannschaft weiter daraus vor, »ich kann die Ehre meines Mädchens nicht wiederherstellen.« Abschließend schrieb Dieter noch: »Viel Kriegsglück der dritten Batterie«.

Bei dieser Tragödie hatte es keiner Rassenverfolgung, keines Fliegerangriffs und keiner Zeitbombe bedurft. Vielmehr hat ein verquerer, unbarmherziger Zeitgeist dafür gesorgt, dass ein sensibler junger Mensch in der gegebenen Situation keinen anderen Ausweg mehr sah als den Tod.

Ein letzter »Stellungsbefehl«

Einen letzten offiziellen Versuch, mich zu »erfassen«, gibt es Anfang März 1945. Nachdem ich Ende Februar 14 Jahre alt geworden war, flattert ein Brief ins Haus, mit dem Hinweis, am 25. März sei der »verpflichtende Tag der Vierzehnjährigen«, an dem ich in die HJ aufgenommen würde. Ich hätte mich zu diesem Zweck im Gebäude der Siegfried-Oberschule (heute Oskar-von-Miller-Gymnasium) einzufinden. Ob meine Abwesenheit bemerkt wird, erfahre ich nicht. Sie bleibt jedenfalls für mich folgenlos.

Vom »Kleinalarm«, einem ebenfalls im März eingeführten neuen Warnsignal beim Anflug von wenigen Maschinen, lässt man sich erst gar nicht mehr stören. Es sind dann ja »nur« ein paar Mosquito-Jagdbomber. In

Löschzug der »Giselaner« nach erfolgreichem Einsatz 1943 in der Kolb-Garage beim Hohenzollernplatz

kleinen Gruppen oder auch allein ziehen sie mit ihrem Kometenschweif in sieben- bis zehntausend Metern Höhe ungestört dahin, öffnen irgendwann den Bombenschacht oder stoßen in die Tiefe und lassen ihre Bordwaffen knattern. Erst dann tritt manchmal noch die Flak in Aktion. Wenn ich da an einem wolkenfreien Tag durch die Luke auf unser Hausdach klettere, lässt sich das alles gut beobachten. Schneller Rückzug ist allerdings geboten, wenn die weißen Kondensstreifen am Himmel anzeigen, dass die Flugroute über unser Haus führen könnte.

Frohe Botschaft vom Feindsender

Eile ist auch geboten, wenn es an der Wohnungstür klingelt und wir auf unserem Schaub-Radioapparat gerade »Radio Beromünster« oder gar einen »Feindsender«

eingestellt haben, was regelmäßig geschieht, seit mein Vater noch 1942 dieses moderne Gerät mit seinem grün leuchtenden »magischen« Auge irgendwo aufgetrieben hat. Meiner Mutter, die seit der Parteigerichtsaffäre von derlei Risiken nicht mehr viel wissen will, ist das gar nicht recht, liest man doch in der Zeitung immer wieder sogar von Todesurteilen wegen Abhörens von Feindsendern. Einmal aber freut sie sich doch über eine Nachricht aus dieser Quelle – so sehr sogar, dass sie ganz vergisst, mich zu rügen, weil ich wieder einmal leichtsinnig gewesen bin. Das war Mitte Februar 1945 kurz vor meinem 14. Geburtstag. Allein sitze ich nachmittags in unserem Wohnzimmer, drehe – das Ohr ganz dicht am Apparat – so lange herum, bis die bewusste Ansage ertönt: »Hier ist England, hier ist England, hier ist England! Zunächst die Nachrichten in Schlagzeilen ...«

Es geht um die Beschlüsse von Jalta und in diesem Zusammenhang auch um die Aufteilung Deutschlands nach dem Krieg in Besatzungszonen, die dann von den einzelnen Siegermächten verwaltet werden. Zu meiner großen Erleichterung höre ich da, dass Bayern von den Russen verschont bleibt und amerikanische Besatzungszone wird. Schnell stelle ich wieder den Münchner Sender ein, schalte den Apparat aus und renne nach vorne in den Laden, um gleich der Mutter die frohe Botschaft zu überbringen. Doch die muss noch ein paar Minuten warten. Denn sie bedient gerade den Herrn H., der ihr enthusiastisch von der Wunderwaffe erzählt, deren Einsatz jetzt unmittelbar bevorstehe und die Wende bringen werde. Herr H. gilt in der Nachbarschaft als »Hundertzwanzigprozentiger«. Zwar stets hilfsbereit nach Luftangriffen, ist er ein G'schaftler vor dem Herrn, naiv führergläubig und deshalb mit besonderer Vorsicht zu genießen. Dreimal darf man raten, welche Nachricht Mutter mit größerer Freude vernommen hat: die von Herrn H. oder – nachdem der endlich verschwunden war – die meine …

Zane Grey – nicht für jeden

Erholsame Ablenkungen vom Bombenkrieg werden nun immer spärlicher. Bis Mitte Februar wird noch in ein paar Kinos gespielt. In den Odeon-Lichtspielen an der Herzogstraße sehe ich den »Weißen Traum« und »Immensee«, im »Gasteig« an der Kellerstraße in Haidhausen »Zirkus Renz«. Immerhin, eine Leihbücherei in der Agnesstraße ist auch im März und April noch geöffnet. An »zuverlässige« Kundschaft, zu der ich mich zählen darf, verleiht die Inhaberin auch ins Deutsche übersetzte Wildwest-Romane verbotener amerikanischer Autoren wie Zane Grey.

Trotz der zunehmenden Zerstörungen gibt es noch Möglichkeiten, aktiv und passiv Sport zu treiben. Im Nordbad kann man schwimmen, und es wird auch öffentlich Fußball gespielt. So versucht – ebenfalls irgendwann im März – ein Freund mich zum Besuch des Lokalderbys FC Bayern gegen die Sechziger zu animieren, aber vergeblich. An Fußball habe ich kein Interesse. Viel lieber wäre ich auch weiterhin zum »Langsamfahren« nach Daglfing geradelt, wo seit November 1944 zwar keine Rennen mehr gelaufen, die verbliebenen Pferde aber nach wie vor täglich bewegt werden. Doch darauf muss ich nach dem 24. März endgültig verzichten. Den Eltern erscheint die Tour dorthin nun doch zu gefährlich. Denn an diesem Tag gegen Mittag hatten Bomber und

Tiefflieger Flakstellungen in Daglfing, vor allem aber den Flughafen Riem heimgesucht, und es hatte dabei dort noch einmal viele Tote gegeben.

In den immer noch täglich erscheinenden »Münchner Neuesten Nachrichten« findet nur weniges meine Aufmerksamkeit. Ein Muss ist für mich allerdings die Lektüre der jeweils in einem Kästchen angegebenen Verdunkelungszeiten. Denn es ist daheim meine Aufgabe, abends rechtzeitig die Rollos herunterzulassen oder anderweitig abzudunkeln, wenn die gerade wieder einmal in Fetzen gegangen sind. Schon beim kleinsten Lichtstrahl, der nach draußen dringt, ertönt ja auf der Straße gleich das Geschrei irgendeines Wichtigtuers: »Abdunkeln!« Und sehnsüchtig suche ich immer nach den Bekanntmachungen über das Eintreffen von »Sonderzuteilungen«, die es jeweils ein paar Tage oder Wochen nach schwereren Luftangriffen gibt: etwas Bohnenkaffee und Rauchwaren für die Erwachsenen und – das weiß ich noch heute ganz genau – Mitte März zum letzten Mal in diesem Krieg 250 Gramm Süßwaren für Kinder und Jugendliche unter achtzehn. Meine Hoffnung, bei dieser Gelegenheit vielleicht doch einmal eine Tafel Schokolade zu ergattern – ich habe schon lange keine mehr gesehen – erfüllt sich leider nicht. Unsere Kramerin in der Georgenstraße, das Fräulein Jordan, kann nur mit steinharten Himbeerbonbons aufwarten, so fest zusammengepappt, dass ich einen Hammer hole, um sie auseinanderzukriegen. Geschmeckt haben sie mir natürlich trotzdem.

Als Fluchthelfer durchs Kasernentor

»Vor der Kaserne, vor dem großen Tor / stand eine

Laterne und steht sie noch davor …«, hat 1915, mitten im Ersten Weltkrieg, Hans Leip gereimt. Später wird das Gedicht von Norbert Schulze vertont und von Lale Andersen auf dem Münchner Simpl-Brettl der Öffentlichkeit vorgestellt. Es wird zu einer Art »Welthit« des Zweiten Weltkriegs. Denn nicht nur der deutsche »Soldatensender Belgrad« sendet es regelmäßig, sondern auch in Amerika, England und Frankreich wird es gespielt. Der »Simpl« war für die Uraufführung geradezu prädestiniert, bezog sich Leip in seinem Gedicht doch auf den Eingang zur nur wenige Meter entfernten Türkenkaserne, in der er damals stationiert war.

Kaserne und Laterne sind längst verschwunden. Das Tor aber hat man jahrelang als Torso erhalten und jüngst sogar restauriert. Es heißt jetzt »Türkentor« und soll daran erinnern, was einmal dort stand, ehe sich Universitätsinstitute und Staatssammlungen auf dem Gelände ausbreiteten und man mit der Pinakothek der Moderne sowie dem Museum Brandhorst neue städtebauliche Glanzpunkte setzte. Seit ich seine Bedeutung für die Entstehung eines Weltschlagers kenne, kann ich nicht mehr an diesem fast antik wirkenden Tor vorbeifahren, ohne dass sich die Melodie von »Lili Marleen« in mein Ohr drängt. Und doch verbindet sich noch eine andere, ganz persönliche Jugenderinnerung mit diesem Kasernentor in der Türkenstraße.

München Mitte April 1945. Gauleiter Giesler rüstet zum letzten Gefecht. Er führt das neue Sirenensignal »Feindalarm« ein, das gegeben wird, wenn Fallschirmtruppen abspringen oder gelandet sind. Und er installiert zur Abschreckung für alle »Drückeberger« und potenziell Fahnenflüchtigen auch in der Landeshauptstadt ein Standgericht. In der Türkenkaserne arbeitet noch eine eigene Dienststelle, bei der sich Freiwillige melden sollen. Das Gegenteil aber hat der dort einquartierte Unteroffizier Schreiber vor, ein Sohn des Firmpaten meines Vaters. Weil es von der Türkenstraße nicht weit zur Bäckerei meiner Eltern in der Arcisstraße ist, kommt er gelegentlich auf einen Sprung bei ihnen vorbei. Sie bieten ihm an: »Wenn du abhauen willst, verstecken wir dich bei uns in der Keller-Backstube.« Man trifft entsprechende Absprachen.

Weil ein Vierzehnjähriger eher unverdächtig wirkt, ist es meine Aufgabe, am bewussten Tag einen Koffer des Freundes aus der Kaserne herauszuschmuggeln. Bei der Wache am Tor gebe ich als Begründung für meinen Besuch an, beim Herrn Unteroffizier Sch. Wäsche abzuholen, die meine Mutter wieder in Ordnung bringen werde. Auf diese Weise informiert, lässt man mich passieren und ein paar Minuten später auch unkontrolliert die Kaserne samt einem Koffer wieder verlassen. Drinnen habe ich bei einem Blick in den Kasernenhof zu meinem Schrecken festgestellt, dass dort eine Einheit der Waffen-SS in Bereitschaft steht – die Maschinengewehre offenbar »vorsorglich« auf die Gebäude mit den Soldaten der eigenen Wehrmacht gerichtet, damit ja keiner abhaut. Da muss ich beim Heimradeln mit dem Koffer auf der Lenkstange unwillkürlich an die Geschichte vom Reiter über den Bodensee denken …

Der Unteroffizier Schreiber hat damals gewartet, bis einer seiner Spezln Wachdienst hatte. Unter dem Vorwand, er habe ein paar Rauchermarken und werde sich nur schnell im nahen Tabakladen Zigaretten holen, passiert er trotz Ausgangssperre ebenfalls ungehindert das

Tor. Schon deshalb freut es mich, dass es stehen bleiben durfte – von der Geschichte mit »Lili Marleen« einmal ganz abgesehen.

Erste Friedenspläne – im Friedhof geschmiedet

Wenige Tage vor meinem Kasernenabenteuer durchstreife ich wieder einmal mit einem Freund den Alten Nördlichen Friedhof. Seit 1939 finden dort keine Beerdigungen mehr statt, und so ist der kleine Mischwald mit seinen prächtigen Linden, Ulmen, Eschen und Ahornbäumen für die Kinder in der Nachbarschaft eine erholsame Oase, in der sich manches entdecken lässt. Während der vergangenen Kriegsjahre habe ich ihn immer als eine Art grünes Schutzgebiet empfunden, in dem man für eine Weile das Elend der Trümmer draußen in Schwabing und in der Maxvorstadt vergessen kann.

Inzwischen haben die Luftangriffe aber auch hier ihre Spuren hinterlassen: Wir treffen auf Bombenkrater, aus denen Knochen herausragen, auf ganze Bündel nicht explodierter Stabbrandbomben und auf viele umgestürzte Grabsteine. Hinter einem, der noch stehen geblieben ist, entdecken wir eine Kiste – eine kleine Kiste gefüllt mit Parteiabzeichen. Hat man sich in der nahe gelegenen »Ortsgruppe Schraudolphstraße« oder dem »Braunen Laden« an der Barerstraße kurz vor Torschluss noch der verräterischen Objekte entledigt? Uns jedenfalls sind sie hochwillkommen.

Unter dem Versprechen, niemandem etwas zu sagen, teilen wir den Fund redlich untereinander. Meinen Anteil verstecke ich zunächst in der Ruine unseres abgebrannten Nebenhauses. Wir spekulieren darauf, dass die

Platscharis bald wieder an Attraktivität gewinnen würden – bei den Amerikanern, die ja praktisch schon vor der Tür stehen.

In dieser Hinsicht haben wir uns nicht geirrt. Die Amis waren ganz wild auf diese Anstecker. Man hat sie ihnen nur wohldosiert anbieten müssen, andernfalls ist der Kurs gleich gesunken. Das haben wir schnell kapiert. Und so konnten wir uns schon in den ersten Nachkriegsmonaten das Leben so manches Mal versüßen: mit Kaugummi, Schokolade und – es sei eingestanden – ab und zu auch mit einem Packerl Chesterfield, Pall Mall oder Lucky Strike.

Aufruf zur Jagd auf die Goldfasane

Zunächst aber kündigt sich die US-Armee noch mit Tieffliegerangriffen und mit Flugblättern an. Eine Kundschaft hat ein paar davon aufgelesen und gibt eines meiner Mutter. An die »Männer und Frauen von München« gerichtet, heißt es darauf: »Im Zuge der Besetzung Süddeutschlands durch alliierte Streitkräfte sind mächtige Verbände im Anmarsch auf München«. Man solle an Nürnberg und Heilbronn denken, wo sinnloser Widerstand noch verheerende Schäden angerichtet hätte. »Deshalb: Windet den Fanatikern das Heft aus der Hand! Mut gefasst und gehandelt!«

Auf Welle Laibach spricht dann auch am Samstag, dem 28. April, nicht mehr »die Befehlsstelle des Gauleiters«, sondern bereits vor Tagesanbruch die »Freiheitsaktion Bayern«. Sie ruft zur »Jagd auf die Goldfasane«, also die NS-Funktionäre in ihren braunen Uniformen, auf. Der Sprecher wendet sich insbesondere an die Arbeiter, die ihre Betriebe vor Zerstörung durch die

Nazis schützen sollten. Die Bevölkerung wird generell aufgerufen, weiße Flaggen zu hissen. Und, so tönt es aus dem Apparat »Wer jetzt noch den Versuch macht, die Nazis zu unterstützen, wird als Kriegsverbrecher angesehen und danach behandelt.«

Hauptmann Dr. Rupprecht Gerngroß, Chef der Dolmetscherkompanie im Münchner Wehrkreiskommando, dem sich auch andere Widerstandskämpfer angeschlossen haben, hatte mit seiner Truppe die Sender bei Erding und Freimann erobert. Doch bald schon schnarrt es wieder linientreu aus dem »Laibacher«: »Ausgerechnet ein Mann namens Gerngroß« habe heute »mit einem Häuflein von Verrätern versucht ...« und so weiter und so weiter. Die Eroberer haben einem SS-Kommando weichen müssen, sind aber, wie wir bald erfahren, selbst entkommen – was leider nicht auf alle Mitglieder dieser Freiheitsaktion zutrifft.

Wie mir Dr. Gerngroß – nunmehr Rechtsanwalt in München – nach dem Krieg bei einem Interview erzählte, hatten Mitglieder der bis dahin im Verborgenen agierenden Freiheitsaktion vier Wochen vor dem Aufstand einen amerikanischen Leutnant aus dem Kriegsgefangenenlager in Moosburg befreit und durch die Linien gebracht. Er sollte die Amerikner über die bevorstehende Aktion unterrichten und die sofortige Einstellung der Luftangriffe anregen. Immerhin: Vor Großangriffen blieb München in den letzten Tagen vor dem Einmarsch verschont.

»Die Amis san da!«

Montag, der 30. April. Aus Richtung Freimann dröhnt Geschützdonner – kein Wunder, da steht ja die SS-Kaserne, aus der wohl noch Widerstand kommt. Jedenfalls halten es fast alle Hausbewohner für ratsam, sich vorsorglich im Luftschutzkeller einzurichten. Freund Walter Still und ich halten es aber nicht lange dort aus. Immer wieder steigen wir nach oben und schauen uns auf den weitgehend leeren Straßen um. »Die Amis san da! Auf da Leopoldstraß' fahrn s' grad rei!«, ruft uns am Nachmittag plötzlich aufgeregt ein älterer Mann zu, der aus dieser Richtung die Georgenstraße herunterkommt. Wir weichen erst einmal in die ruhige Schraudolphstraße aus, um uns dort zu beraten, ob wir, ehe wir zur Leopoldstraße laufen, daheim um Erlaubnis fragen oder gleich losrennen sollen. Zu spät! Aus der Neureuther Straße einbiegend, kommen zwei – uns in diesem Moment jedenfalls baumlang erscheinende – GI's entgegen. Ihre Maschinenpistolen haben sie wechselweise auf uns und die Häuserfronten gerichtet. Hinter ihnen biegt ein Jeep mit Riesenantenne ein. Sprechgeräusche aus einem Walkie-Talkie tönen zu uns her. Prüfend blicken uns die beiden Amerikaner beim Näherkommen an. »We are very glad, that the war is over«, stottere ich heraus. Die beiden schmunzeln und beginnen in ihren Taschen zu suchen. Offenbar wollen sie uns irgendetwas schenken, finden aber wohl nichts Passendes. Da greift einer in seinen Gurt – und drückt jedem von uns ein paar kupferrote Patronen in die Hand. Völlig perplex bringen wir immerhin noch ein erleichtertes »Thank you!« zustande und sausen wie der Blitz davon – schnurstracks in den heimischen Luftschutzkeller. Jetzt ist es an uns, dort zu rufen: »Die Amis san da!«

Im Keller allein mit zwei GIs

Nicht so freundlich wie die erste gestaltet sich meine zweite Begegnung mit den Amerikanern, gleich am ersten Tag nach dem Einmarsch. Heftiges Klopfen an der Ladentür – sie blieb übrigens in dieser Übergangszeit nur für zwei Tage geschlossen; dann wurde bereits wieder Brot gebacken und verkauft. Zwei GIs, mit Maschinenpistolen bewaffnet, begehren Einlass und fordern energisch »flour«. Mein Vater holt mich als Übersetzer. Etwas verstört antworte ich in meinem zusammengestopselten Schulenglisch: »We have no flowers, this is a bakery.« Erst als er ungeduldig etwas von »a sack« spricht, komme ich drauf, dass er wohl Mehl meint. Bisher habe ich immer gedacht, das würde im Englischen »meal« heißen. Mein Vater will die beiden »Soldiers« in die Backstube hinunterführen. Die aber winken ab und deuten auf mich. Sie wollen keine zwei Begleiter. Ich muss auf der Stiege vorausgehen, während mich einer immer wieder einmal seine MP im Rücken spüren lässt. Im Keller wird die Stimmung nicht besser. »This is the whitest meal, which we have«, erkläre ich immer wieder angesichts der verschiedenen Säcke mit ziemlich grauem Inhalt – wie halt damals das teilweise auch mit Kartoffelmehl gestreckte Mehl aussah. Doch an so einer

Kriegsware haben die beiden kein Interesse. Plötzlich glaubt der ohnehin schon deutlich Misstrauischere, er habe mich überführt. Triumphierend deutet er auf einen Papiersack mit blütenweißem Inhalt. Das ist aber kein Mehl, sondern irgendein Backhilfsmittel. Die englische Bezeichnung für dieses Wort kenne ich nicht, und so kann ich nur immer wieder beteuern: »This is not a meal.« Vergeblich. Mit dem Sack auf dem Rücken geht es nach oben. Auf einem Schubkarren muss ich das »weisse Mehl« in die Agnesstraße transportieren, wo sich eine US-Truppe in den Räumen des (damaligen) Postamts 13 und der gegenüberliegenden Gaststätte einquartiert hat.

Unterwegs entspannt sich die Situation etwas. Der Misstrauische fragt mich, ob ich auch so ein Werwolf sei. Und ob sich solche nicht noch in den Häusern versteckt hielten, an denen wir vorbeikommen. Die Nazis hätten doch auch so »boys« wie mich dazu abgerichtet. Mir scheint, er neigt dazu, mir zu glauben, als ich ihm versichere: »I never had seen a Werwolf here.« Seine Haltung wird mir umso verständlicher, nachdem er mir erzählt hat, er sei mit seiner Einheit über Dachau nach München hereingekommen. Es sei »disgraceful« gewesen, was er dort gesehen habe.

Hoffentlich kann ich jetzt noch jemanden rechtzeitig davon überzeugen, dass mein Sack kein Weizenmehl enthält, denke ich, als ich vor der Gulaschkanone stehe, die auf dem Trottoir vor dem Gasthaus aufgebaut ist. Sonst meinen die womöglich noch, ich wollte sie hereinlegen, und das könnte mir schlecht bekommen. Doch der Koch, der die Sache in Empfang nimmt, fängt gleich laut zu lachen an und klärt seine beiden Kameraden auf.

Mein blütenweißes Backhilfsmittel darf ich wieder mit heim nehmen.

Abschied vom Luftdruckgewehr

Und noch einmal, gleich am zweiten Sonntag nach dem Einmarsch, gerate ich in eine etwas brenzliche Situation. Die Eltern begeben sich auf einen kleinen Nachmittagsspaziergang. Ich bleibe allein zu Hause. Plötzlich läutet es ziemlich stürmisch an der Wohnungstür. Draußen steht ein Besatzungssoldat, der wissen will, ob es hier Waffen oder »Kämeras« gebe. Waffen nicht, aber einen Fotoapparat schon, lasse ich ihn wissen. Dass mein Luftdruckgewehr, das ich vor ein paar Jahren bekommen hatte, auch zu den verbotenen Waffen zählen könnte – kommt mir in diesem Augenblick gar nicht in den Sinn. Der GI unternimmt in der Wohnung einen Kontrollgang, entdeckt aber das in einer Spielzeugkiste liegende Gewehr nicht. Die »Kämera« holt er sich gleich selbst aus dem Schlafzimmerschrank heraus – gibt sie mir aber gleich wieder enttäuscht zurück. Es ist nur eine einfache »Box«, wie sie in den Dreißigerjahren in rauen Mengen für ein paar Markl angeboten wurden. »Nix Leica?«, fragt er noch. Als ich antworte »Sorry, no Leica« zieht er wieder ab.

Eine Viertelstunde später klingelt es noch stürmischer als vorher. Wieder steht der GI vor der Tür. Diesmal triumphierend ein Luftdruckgewehr in der Hand. Ich erkenne es sofort. Es gehörte meinem Freund von nebenan, und dessen Vater hatte es, wie ich gleich erfahre, gerade abgegeben – nicht ohne darauf hinzuweisen, dass nicht nur sein Sohn, sondern auch ich so eine Waffe besäße. Der Amerikaner deutet auf den ziemlich verdattert hinter ihm stehenden Nachbarn und beginnt: »He said, that you also ...« Mehr braucht er nicht zu sagen. Ich bringe ihm meine Waffe und versuche, ihn zu besänftigen: »I thought, it's only a plaything for us boys.« Tatsächlich zieht er, ohne mich weiter zu behelligen, mit seinen zwei requirierten Schußwaffen ab.

»Mei, i hab mir halt gedacht, wenn i des dem ned glei sag und er find't so a Gwahr dann doch bei dir, nacha is da Deifi los«, entschuldigt sich der Nachbar bei mir. Ich mime Verständnis, doch ein bisserl stinkt er mir schon.

Tage der Anarchie

In den ersten Tagen, ehe die Amerikaner die Zügel in die Hand nehmen, kommt es noch zu umfangreichen Plünderungen – vor allem der Heeresbestände in den Kasernen, aber auch der Waren in den Lagerräumen von Privatfirmen. Auf den Straßen zeigen sich ganze Menschenrudel, wie sie mit Handkarren und Rucksäcken ihre Beute nach Hause schleppen. Im Keller einer Weinhandlung in der Türkenstraße, so erzählen Kunden, soll eine gierige Meute knietief im Wein gewatet sein, und bei dem Gerangel habe es sogar einen Toten gegeben. Auch unser Laden wird ein paar Mal von offensichtlich ehemaligen »Ostarbeitern« heimgesucht, die aber normalerweise von den Amerikanern versorgt werden. Sie tauchen plötzlich auf, stoßen die wartenden Stammkunden beiseite, die zum Teil schon seit fünf Uhr früh anstehen – und räumen das Brotregal aus. Auf dem Schwarzmarkt lassen sich mit dieser Ware gute Geschäfte machen – ein untragbarer Zustand, weil der Mehlvorrat ja den Bewohnern der Umgebung vorbehalten ist und das »tägliche Brot« so eingeteilt werden muss, dass es ausreicht, bis die Mühlen wieder liefern. Was tun? Ich schlage meinen Eltern vor, die Amerikaner von der Situation zu informieren und sie um Hilfe zu bitten. Erste Kontakte hatte ich ja schon, und so mache ich mich – diesmal lange nicht mehr so aufgeregt wie bei meinem »Antrittsbesuch« mit dem Backhilfsmittel – auf den Weg in Richtung Agnes-Post. Einer der beiden Posten bringt mich zur Kommandantur. Ich sage dort mein Sprüchlein auf. Und tatsächlich bekomme ich die Zusage, dass man uns vom nächsten Tag an, jeweils für die Zeit der Ladenöffnung, einen Soldaten schicken werde. So geschieht es auch. Pünktlich um sieben Uhr früh erscheint immer derselbe GI und hockt sich, die Maschinenpistole im Arm, im Schneidersitz mitten in eine der beiden Auslagen.

Schon am ersten Tag muss er nicht lange warten bis sich ein Vierertrupp, die Warteschlange durchbrechend, Eintritt verschafft und aufs Brotregal zusteuert. »You deutsch?«, ruft er den Eindringlingen als rhetorische Frage zu. Sie verneinen, offenbar in der Meinung, das privilegiere sie auch in den Augen des Amerikaners. Doch der brüllt sie an: »Rausss!« Als diese Aufforderung nicht genügt, wiederholt er sie, erhebt sich dabei langsam, steht nun mit seiner geschätzten Länge von einsneunzig in der Auslage und verleiht der Sache Nachdruck, indem er energisch mit seiner MP auf den Schaufensterboden klopft. Im Nu ist das Quartett verschwunden.

Zwei Wochen lang hält der Mann aus Indiana in unserer Schwabinger Bäckerei auf diese Weise erfolgreich Wache. Dann ist es nicht mehr nötig. Bei Bedarf, sagt er, komme er gern wieder – weil ihm die frisch gekochten

Kartoffeln so gut geschmeckt hätten, die er beim regelmäßigen Abstecher in unsere Küche gern aus dem Topf stiebitzte und ins Salzfässchen tauchte – als willkommene Abwechslung zu seiner täglichen Büchsenkost in der Agnes-Post.

»Die Deutschen weisens vill zu vill ...«

Das Fraternisierungsverbot, erlassen von General Eisenhower und noch bis zum Herbst gültig, nimmt die Jugendlichen ausdrücklich aus, und so ergibt sich für mich die Chance, durch gelegentliche Besuche bei den Wachposten in der Agnes-Post »private« Kontakte zu knüpfen und mein Schulenglisch anzuwenden. Wie schon erwähnt, entwickelt sich ein reger Tauschhandel mit Parteiabzeichen, aber auch mit Hakenkreuz-Briefmarken aus meiner Sammlung – und mit »Picture Postcards from Munich«. Durch Zufall habe ich da bei einer Fahrt mit dem Radl zum Bahnhof in einem Durchgang neben den Gabriel-Lichtspielen einen Verkäufer entdeckt, der schon wieder Ansichtskarten von München feilbietet, das Stück für fünfzig Pfennig. Den suche ich ein paar Mal auf. Denn ich kriege bei den Amis für drei solche Ansichtskarten ein Packerl Kaugummi, manchmal sogar eine Cadbury-Schokolade. Wenn der Händler das wüsste ... Hatte er sich doch auch noch sicherheitshalber die Mühe gemacht, alle Hakenkreuze der Fahnen, die auf einzelnen Ansichten abgebildet waren, mit Hilfe eines kleinen Stempels säuberlich abzudecken.

Der Umgang mit den Besatzungssoldaten ist für uns Buben ziemlich zwanglos. Man wird zum Fußballspielen mitten auf der Straße eingeladen. Die GIs erzählen von ihrer Heimat, zeigen Fotos von ihren Familien und

München 1945: Menschenschlange vor dem Schreibwarengeschäft von Fräulein Spinkler, Ecke Arcis-Georgenstraße, aufgenommen vom gegenüberliegenden Eckhaus Arcisstraße 59, in dem ich wohnte.

von der Freundin, fragen, wie das hier in der Nazi-Zeit war. Auf meine Bitte hin schreibt mir einer gleich den Text meines neuen Lieblingsschlagers »Sentimental journey« auf. Und – das ist dann schon im Sommer 1945 – ich lerne etwas vom korrekten Umgang mit den farbigen Angehörigen der US-Armee: Im gerade wieder eröffneten Georgenschwaige-Bad, »in der Schwoagn« also, wie man in München sagt, imponiert mir ein Muskelmann mit blauschwarz glänzender Haut, der mit federndem Schritt an meinem Spezl und mir vorbei geht. »Mei liaba, der Nigro hat an Bizeps wiara Boxer«, sag ich zu dem. Und schon dreht sich der dunkle Adonis um, springt auf uns zu, packt mich an der Schulter und fragt drohend, warum ich ihn beleidigt habe. Als ich ihm verdattert erkläre, dass ich doch nicht das beleidigende Wort »Nigger«, sondern, wie in der Schule gelernt, »Nigro« gesagt habe, legt sich seine Erregung schon etwas. Doch er klärt uns auf: Auch »Nigro« sei beleidigend – »We are colored boys!«. Freundlich verabschiedet er sich von uns, offensichtlich davon überzeugt, dass meine Bemerkung wirklich keineswegs abwertend gemeint war.

Etwas irritiert reagiert im gleichen Bad an einem anderen Tag ein weißer Besatzungssoldat, mit dem ich ins Gespräch komme. Nicht ohne Stolz erzählt er, dass er New Yorker sei. Ich frage ihn, in welcher Gegend er dort wohne. Er nennt sie: Flatbush, und ich antworte: »Oh, that's near Prospect Park!« Verblüfft schaut er mich an. Dann sagt er – und hebt dazu den Zeigefinger – »die Deutschen weisens vill zu vill from America!«. Dann fragt er, ob wir denn schon in der Schule auf eine Landung in den Staaten vorbereitet worden seien. Ich kann ihn da beruhigen. Mein Wissen in diesem Fall verdanke ich zwar dem New Yorker Stadtplan in unserem Diercke-Schulatlas, aber studiert habe ich die betreffende Seite darin nur deshalb so genau, weil ich – wie schon erzählt – ja bei unseren Buben-Spielen mit den Wiking-Schifferln der »Präsident des Bundesfreistaats Amerika« war und in dieser Eigenschaft nicht Washington, sondern New York zu meiner Hauptstadt erkoren hatte. Und in seiner Hauptstadt muss man sich doch schließlich auskennen.

Dass viele Deutsche viel zu wenig gewusst haben, erfahre ich in diesen Tagen aus dem einzige Film, der zunächst in München gezeigt werden darf. Es ist eine Dokumention über die Gräuel in den Konzentrationslagern: Leichenberge; Menschen, ausgehungert bis auf die Knochen, selbst in der Stunde der Befreiung zu keiner Reaktion mehr fähig. Erschüttert und verwirrt verlasse ich die Regina-Lichtspiele an der Dachauer Straße.

Das also war in Wahrheit die sogenannte »Umsiedlung«. Dass von einem derart gewaltigen Massenquälen und Massenmorden, wie immer wieder behauptet wird, nur ganz wenig Leute etwas mitbekommen haben – selbst in der näheren Umgebung von Vernichtungslagern wie Auschwitz – will mir nicht in den Kopf.

Es muss nicht immer Kaugummi sein ...

Das Fraternisierungsverbot scheint mir, speziell was den Umgang mit der Damenwelt betrifft, nicht allzu streng beachtet zu werden. Und alsbald macht sich der Volksmund seinen Reim darauf. Schon in den ersten Wochen nach dem Einmarsch hat jemand am Milchhäusl auf dem Elisabethplatz ein längeres Gedicht angeschlagen, dessen erste vier Zeilen mir noch in Erinnerung geblieben sind: »Zigaretten, was zum Kauen / gibt es, kann man lieblich schauen / in die Augen hie und da / derer von Amerika ...« Eine Ahnung von der entsprechenden praktischen Umsetzung bekomme ich in diesen Tagen einmal auf meinem Weg durch die Arcisstraße: Vor mir ein GI mit Schnapsflasche in der Gesäßtasche, »Fraulein« am und Wolldecke unterm Arm biegt er in den Alten Nördlichen Friedhof ein. Als ich nach einer guten halben Stunde auf dem Rückweg bin, spaziert der GI gerade wieder aus dem Tor heraus – mit der Decke unter dem Arm, doch ohne weibliche Begleitung und ohne Schnapsflasche.

»Einstufung in die Bewährungsgruppe«

Meinem Vater bringt die Tatsache, dass er sich 1942 vor dem Kreisgericht der NSDAP wegen parteiabträglicher und wehrkraftzersetzender Äußerungen verantworten musste, zunächst keine Erleichterung seiner Situation. Als 1933iger Parteigenosse, dazu noch Blockwart, erhält er – sozusagen automatisch – einen Treuhänder in Gestalt eines benachbarten Berufskollegen. Als dessen Angestellter führt er weiter die eigene Bäckerei. Er muss den Abschluss eines Spruchkammerverfahrens abwarten, das dann 1947 eröffnet wird. Da er nur die Anklageschrift vorweisen kann, das Dokument mit der Verwarnung und der Auflage, künftig ein Parteiamt zu übernehmen, aber verloren gegangen war, wird einstweilen die Einstufung als »Minderbelasteter« beantragt. Der damalige NS-Parteirichter kann aber, im Rahmen des Entnazifizierungsverfahrens befragt, das Urteil bestätigen. Eine Reihe von Entlastungszeugen, darunter ein Mitglied der »Freiheitsaktion Bayern« und – so steht es im Protokoll – auch »Sternträger Ignaz Stiefel« bewirken mit ihren Aussagen, dass die Spruchkammer zu folgendem Schluss kommt: »In Erwägung der erwiesenen, von Anfang an gezeigten ablehnenden Haltung, ist nach dem Untersuchungsergebnis die Einstufung in die Bewährungsgruppe zweifellos gerechtfertigt, zumal die kreisgerichtliche Maßregelung zur zwangsweisen Parteiunterwürfigkeit nicht nur eine Demütigung in der sittlichen Freiheit einer Person, sondern eine ständige, offensichtlich erwiesene politische Überwachung des Betroffenen darstellt und zu erkennen ist.« Sprich: Mein Vater wird als »Mitläufer« eingestuft. Die Bäckerei kann er jetzt wieder in eigener Regie führen. Als »Sühnegeld« hat er einschließlich der Verwaltungskosten 2653 Mark zu bezahlen.

Auf andere Weise als beim Spruchkammerverfahren wird mein Vater bereits im Herbst 1945 noch einmal intensiv an das Ereignis von 1941 erinnert. Als er eines Nachmittags mit meiner Mutter in einem Nymphenburger Gartencafé sitzt, erhebt sich an einem Nebentisch ein Mann, geht auf ihn zu und sagt süßlich lächelnd: »Guten Tag, kennen wir uns nicht?«

Es ist jener ehemalige Unteroffizier Balthasar Kuchler, der ihn seinerzeit »entweder nach Dachau oder in die Strafkompanie« bringen wollte. Der Mann spürt wohl, dass Vater ihn erkannt hat und hegt nun offenbar Befürchtungen. Es seien damals eben schwere Zeiten gewesen, fährt er fort, doch gut, dass nun alles vorbei sei, und »Sie werden doch nicht ...«.

Mein Vater, durch die unerwartete Begegnung ziemlich erregt, fordert Kuchler auf, möglichst schnell zu verschwinden. Ob er weitere Schritte zu unternehmen gedenkt, lässt er offen. Nein, er hat nun nicht seinerseits den Denunzianten angezeigt. Er sei froh, wenn er ihn nicht mehr sehen müsse, hat er daheim gesagt.

Ein Artikel als Schlüsselerlebnis

Mit ihrer »Reeducation« haben die Amerikaner bei mir keine Mühe. Ihr unkomplizierter Umgang mit uns Jugendlichen, der Jazz im AFN (American Forces Network), der gastliche »Blue Room« des Amerikahauses an der Arcisstraße, das Aufblühen des Theaterlebens mit Werken bislang verbotener deutscher Autoren, voran Zuckmayer und Brecht, das optimistisch-kritische Polit-Kabarett in der Schaubude an der Reitmorstraße, die Artikel völlig neuer Tonart eines Erich Kästner oder Egon Jameson in der von der Besatzungsmacht herausgegebenen »Neuen Zeitung«, die von Werner Friedmann, W.E. Süskind, Ernst Müller-Meiningen jr.,

Hanns Braun oder Gunter Groll in der aus der Gleichschaltungskonkursmasse der »Münchner Neuesten Nachrichten« hervorgegangenen »Süddeutschen Zeitung« – diese lebendige Demokratieschule begeistert mich in wachsendem Maß.

Mein Mentor Franz Hester, den ich immer noch jede Woche einmal besuchen darf, gibt mir einen Artikel zu lesen, den der Schriftsteller und spätere Diplomat Wilhelm Hausenstein gleich in der ersten Ausgabe der SZ vom 6. Oktober 1945 geschrieben hat. Ein Absatz ist bereits rot angestrichen. Darin bringe der Autor seine Wunschvorstellung von einer künftigen freien deutschen Presse auf den Punkt. Er wolle, so schreibt Hausenstein an dieser Stelle, »eine Zeitung ohne aufdringliche Schlagzeilen, ohne die auf Dauer langweilige Aufgeregtheit, hinter welcher die Leere gähnt, eine Zeitung, die dazu anregt, öffentliche Gegenstände mit sachlicher Vernunft zu überblicken.«

Für mich als eines der »braun gebrannten Kinder« klingt das höchst verheißungsvoll. Zum ersten Mal denke ich nach diesem Gespräch, unter freiheitlichen Bedingungen Journalist sein zu können – das wäre doch eine wunderbare Sache! Den rot angestrichenen Satz schreibe ich ab. Vielleicht kann ich ihn ja einmal für einen Schulaufsatz brauchen. Dazu kommt es zwar mangels entsprechender Themen nicht, aber in meinem späteren Berufsleben sind mir diese Hausenstein'schen Worte zu einem Leitsatz geworden.

Zum Beispiel 1946 oder der Nikolaus als Bettler

Häufig wird gegenwärtig von Krise und Depression gesprochen und geschrieben. Da ist es vielleicht nicht unangebracht, einmal, etwa am Beispiel der Weihnachtszeit im München des Jahres 1946, an eine Krisenzeit von ganz anderen Dimensionen zu erinnern – an eine also, in der zwar schon wieder seit eineinhalb Jahren Frieden herrschte, in der es aber beispielsweise selbst für ausgebombte Münchner noch nicht einmal eine Zuzugsgenehmigung gab. In diesen Tagen hat es noch an vielem gefehlt, was uns heute selbstverständlich ist. Ehe ich mich noch einmal meinen Erlebnissen in den ersten Monaten nach Kriegsende zuwende, im folgenden Kapitel also charakteristische Streiflichter aus dem Ende des ersten kompletten Friedensjahres, wie sie damals auch der Presse zu entnehmen waren:

»Muss ein entlassener Kriegsgefangener auf die Weihnachts-Sonderzuteilung 104 bis 106 E 94 verzichten, nur weil er während der 94. Periode noch in Gefangenschaft war?« … »Wie kommt es, dass am Mittwoch und Samstag zwar die Kinder Milch bekommen, wir alten Leute aber nicht?« … »Ich bekomme einen Bezugsschein auf eine Glühbirne. Ich wohne in Gräfelfing. In meinem Haus ist ein Elektroladen, der Glühbirnen führt. Aber ich musste sie in Pullach holen.«

Mit Sorgen dieser Art wenden sich die Münchner in diesen Tagen an den Lokalteil der »Süddeutschen Zeitung«. Am 5. Dezember können die Leser über eine aus dem Leben gegriffene Szene schmunzeln: Zwei Frauen klagen darüber, dass es in diesem Jahr mit den Nikolausgaben so schlecht bestellt sei. Eine von ihnen sagt: »Ned amoi an Nikolaus kann i heier zu meim Buam kumma lassn. Der hat mir nämlich gsagt, er macht'n bloß, wenn i eahma Pfund Äpfe dafür gib.« Dabei täte um diese Zeit gerade den Kindern ein bisschen Obst besonders gut. Nach einem Untersuchungsbericht, der Anfang Dezember veröffentlicht wird, gibt es in München 60 000 volksschulpflichtige Buben und Mädchen. Zusammen mit den Kindern in den weiterführenden Schulen sind es 90 000. Bei 85 Prozent davon wird Untererernährung festgestellt. Bei 20 Prozent besteht die Gefahr dauernder Schädigung. Nur 15 Prozent der Kinder werden von den Schulärzten als »normal gesund« eingestuft. »Kein Bett frei« müssen Eltern häufig hören, wenn sie ein krankes Kind im »Hauner'schen« unterbringen wollen. 25 der insgesamt 185 Betten sind – so kann man lesen – »jeweils mit zwei kleinen Patienten belegt«.

In einer der letzten Stadtratsvollversammlungen vor dem Weihnachtsfest teilt Oberbürgermeister Karl Scharnagl mit, dass über 270 000 Münchner in Räumen lebten, deren Belegung weit über das zulässige Maß hinausgehe. Bis zu acht Personen seien häufig in einem einzigen Raum untergebracht. Er fürchte eine Typhusepidemie. Noch Anfang Dezember hat Scharnagl mit seinem Rücktritt gedroht, falls die Besatzungsmacht Wohnungsbeschlagnahmungen für ihre Angehörigen in der angekündigten rigiden Weise durchführe. Selbst die Familie Schmorell, die einen Sohn im Widerstand verloren hat, der gemeinsam mit den Geschwistern Scholl von den Nazis hingerichtet worden ist, hat einen Räumungsbefehl erhalten.

Umso größer ist die Erleichterung, als man am 17. Dezember melden kann, General McClure habe auf der Zonen-Pressetagung in Garmisch erklärt, hinsichtlich der Wohnraumbeschlagnahmung seien neue Anweisungen ergangen. Es müsse – so wörtlich – »besondere

Rücksicht auf alle Personen genommen werden, die unter dem Nazi-Regime gelitten haben und die sich aktiv am Wiederaufbau Deutschlands beteiligen.«

Glücklicherweise muss der Nikolaus nicht überall so wie im Luitpold-Kino erscheinen, wohin man zu einer Märchenvorstellung zu wohltätigen Zwecken eingeladen hat. Dort betritt er die Bühne nicht als Spender, sondern als Bettler mit leerem Sack. »Nachdem er den großen und kleinen Gästen seine Absicht Kunde gegeben hatte, zum Weihnachtsfest arme Kinder der Stadt zu beschenken, schwärmte die Schar der ihn begleitenden Zwerge in den Zuschauerraum aus, um Geschenke und Geldspenden zu sammeln«, heißt es in einem Bericht über die Veranstaltung, die unter der Schirmherrschaft des Oberbürgermeisters stand.

Doch es geht auch anders: »Im Bürgerbräukeller, der einstigen Hochburg des Nationalsozialismus und dem jetzigen Soldatenclub des amerikanischen Roten Kreuzes, fand am vergangenen Sonntag die größte der zehn Weihnachtsfeiern statt, die die amerikanischen Besatzungsdienststellen für Schulkinder im Alter von sechs bis zehn Jahren veranstalteten«, heißt es in der Weihnachtsnummer der SZ. Und weiter: »In drei aufeinander folgenden Feiern wurden im großen Saal 6000 Kinder beschert ... Allein 24 000 Schmalznudeln, auf amerikanisch Doughnuts genannt, kamen im Bürgerbräukeller zur Verteilung.«

Und es gibt weitere Signale für einen staunenswerten Optimismus: Zum ersten Mal nach dem Krieg leuchten wieder ein paar »öffentliche« Christbäume: Auf dem Marienplatz, dem Sendlinger-Tor-Platz und vor dem Sendlinger Kircherl.

»Zugunsten des kulturellen Wiederaufbaus der Stadt« veranstaltet am »Silbernen Sonntag« der Kiem Pauli mit seinen Gruppen aus dem Oberland in der Aula der Ludwig-Maximilians-Universität ein »Bayerisches-Mettensingen«. Zuvor hatten dort schon die Münchner Philharmoniker mit Werken von Händel und Mendelssohn-Bartholdy ihren Auftritt. Als »eines der interessantesten Ereignisse dieser Spielzeit« rühmt der Kulturkritiker Hanns Braun Thorton Wilders »Wir sind noch einmal davongekommen« mit Otto Wernicke und Heidemarie Hatheyer im Brunnenhof-Theater in der Residenz, dem Ausweichquartier des Bayerischen Staatsschauspiels.

Verhältnismäßig nobel ist inzwischen auch die Behelfsspielstätte des städtischen Volkstheaters untergebracht, das, an der Josephspitalstraße ausgebombt, nach provisorischem Anfang im Schauspielhaus und kurzer »Verbannung« in den Postsaal Pasing nun im Bayerischen Hof gelandet ist. Ich sehe dort im Dezember Ferdinand Raimunds »Der Barometermacher auf der Zauberinsel«. Noch heute erinnere ich mich an die Lacher im Publikum bei einer Szene, in der verschiedene Figuren wieder von ihrer angezauberten langen Nase befreit werden – wobei der langbeinige Schauspieler Fred Kallmann, der den Herrscher im Zauberreich gab, den Vorgang als »Entnasifizierung« bezeichnete.

Nicht im vornehmen Hotel, sondern in der eiskalten Gerner Turnhalle am Ende der Tizianstraße, spielt das »Moderne Theater« im Dezember William Saroyans »Mein Herz ist im Hochland«, was den Kritiker Alfred Dahlmann in seiner Rezension zu folgender Bemerkung veranlasst: »Wenn den Schauspielern vor Kälte sichtbar die Knie zittern, wenn ihnen vor dem Mund der Atem dampft, wenn ein Kind in einem dünnen, windigen Gewand die Arme in die Strahlen einer imaginären kalifornischen Sonne recken muss, dann sind das Voraussetzungen, angesichts derer wir die Hingabe der Künstler – an allen Theatern – heute bewundern, die aber für das Publikum und die Darsteller nicht mehr zu verantworten sind. Denn mit der Gefährdung der Gesundheit ist die Aufrechterhaltung des kulturellen Lebens zu teuer bezahlt.«

Der warnende Hinweis kommt nicht von ungefähr: Carl Wery, ein Münchner Publikumsliebling, erleidet in diesen Tagen auf der Bühne der Kammerspiele tatsächlich einen Schwächeanfall und bricht zusammen.

An einem dieser Winterabende mache auch ich mich mit zwei Freunden auf den Weg zu dieser eiskalten Gerner Turnhalle. Man spielt Zuckmayers »Der fröhliche Weinberg«. Durch mehr als knöcheltiefen Schnee geht es zunächst von der Arcisstraße zum Kurfürstenplatz. Mit der Linie 22 wollen wir zum Rotkreuzplatz fahren und von dort weitermarschieren. Doch nach einer Viertelstunde Wartezeit erscheint ein Schaffner und erklärt, dass heute wegen wetterbedingter Störungen keine Trambahn mehr verkehrt. Was uns nicht davon abhält, nun eben den ganzen Weg zum »fröhlichen Weinberg« im Fußmarsch zu absolvieren. Obwohl das streckenweise im Trab geschieht, man im »Modernen Theater« den plötzlichen Ausfall der Straßenbahn berücksichtigt und mit einer halben Stunde Verzögerung beginnt, entgeht uns der erste Akt. Durchnässt und erschöpft erfreuen wir uns gleichwohl am Rest des Stücks und klatschen die beiden Hauptdarsteller Marianne Kehlau und Jochen Hauer immer wieder enthusiastisch heraus. Schließlich stapfen wir zufrieden durch die kalte Winternacht von Gern heim nach Schwabing. Der Gesprächsstoff, den uns das Theatererlebnis liefert, erwärmt uns auf diesem Rückweg mehr als jeder Mantel. Nie war die Theaterbegeisterung stärker als in den ersten Nachkriegsjahren.

Typisch für diese Münchner Weihnachtstage des Jahres 1946 ist auch das Porträt eines jungen Ehepaars, das die SZ in ihrer Ausgabe vom 24. Dezember veröffentlicht: Der Mann, Angestellter in einer Schuhmacher-Werkstatt, hatte ein Vierteljahr lang jedes Wochenende an einer zerbombten Wohnung gearbeitet, bis man jetzt die Küche und ein Zimmer wieder beziehen konnte. »Was würden Sie sich als Hochzeitsgeschenk wünschen, wenn ...«, fragt die beiden der Reporter und notiert dann: »Er braucht einen Anzug (den zur Hochzeit hatte er sich ausgeliehen), Nägel und Leder, damit er keinen Kunden mehr wegschicken muss, der bei ihm vorspricht. Und sie: ein paar feste Schuhe, warme Strümpfe und ein Pfund Butter.«

Ja, sich eine Rezession der Art zu wünschen,wie sie uns die Gegenwart immer wieder einmal beschert – dazu wären diese Münchner des Jahres 1946 viel zu bescheiden gewesen ...

Schulbeginn nach der »Zeitenwende«

In der »Gisela« treffen sich verschiedene Lehrer, Verwaltungsangestellte und Schüler bereits im August 1945 erstmals nach dem Krieg wieder. Turm, Dachgeschoss und Turnhalle sind weitgehend zerstört, dritter und zweiter Stock verwüstet. Wir beseitigen zunächst einmal Trümmer. Als im Dezember dann der Schulbetrieb in München wieder beginnt, ist an einen Unterricht dort noch nicht zu denken. Wir Giselaner – es sind nun schon wieder rund 400 – kommen zunächst in zwölf Räumen der weniger in Mitleidenschaft gezogenen Wilhelmsschule unter. Nur zehn von der Militärregierung zugelassene Lehrkräfte stehen zur Verfügung. Die ehemaligen PGs kommen – auch wenn sie dann später bei der Entnazifizierung nur als »Mitläufer« eingestuft werden – nicht mehr an ihre alte Schule zurück, sondern werden an andere Lehranstalten versetzt. Einem von ihnen, dem Englischlehrer E., begegne ich einmal zufällig auf der Straße. »Ja, Bub, das hat man jetzt davon, wenn man einmal an Deutschland geglaubt hat«, sagt er resigniert zu mir.

So ändern sich die Anlässe, denke ich in diesem ersten Schulwinter manchmal belustigt: Damals in der Volksschule, beim Lehrer Geiling, brauchte ich nur zu sagen, »Herr Lehrer, ich wüßte ein Gedicht« – und schon durfte ich mich aus dem Unterricht ausklinken. Jetzt erziele ich denselben Effekt, wenn es um etwas viel Prosaischeres geht: » Herr Professor, auf dem Schulweg hab ich in einer Ruine, ganz in der Nähe, Holztrümmer entdeckt – darf ich sie holen?« Sofort schickt er mich auf den Weg. Denn wir sitzen oft mit Mantel und Handschuhen in unseren Bänken, weil für den Behelfsofen, dessen Rohr durch ein abgedichtetes Fensterteil ins Freie geht, wieder einmal kein Brennmaterial vorhanden ist.

Kommt man mit dem Radl in die Schule, darf man es mit ins Klasszimmer nehmen, damit es nicht gestohlen wird. Es gibt zwar keinen Fliegeralarm mehr, aber nach wie vor häufig Kurz- und Schichtunterricht. Matritzen-Abzüge ersetzen die Lehrbücher. »Normalen« Gymnasiumsunterricht werden wir erst wieder von Herbst 1948 an haben, nachdem wir aus dem zweiten Ausweichquartier, dem Alten Realgymnasium (heute Oskar-von-Miller-Gymnasium), in unser saniertes Stammhaus beim Elisabethplatz zurückgekehrt sind.

Endspurt statt Endsieg

Am 24. Juni 1945 wird bereits wieder das erste offizielle Fußballspiel ausgetragen, bei dem Wacker gegen Bayern 4:3 gewinnt. Auf die ersten Pferderennen muss ich allerdings etwas länger warten. Die Daglfinger Trabrennbahn dient einstweilen als Gefangenenlager, wie ich bei einem ersten Radlausflug dorthin – noch im Frühsommer 1945 – feststellen muss. Ein paar Traber des Gestüts Straßlach finde ich umquartiert in einen Galopper-Rennstall am Martin-Empl-Ring in Riem.

Bei diesem Besuch erfahre ich auch Näheres über eine Tragödie, die sich wenige Tage zuvor dort ereignet hat: Im ersten Stock eines dieser Stallgebäude hat noch Christian Webers ehemaliger Stalljockey Rosso gewohnt, ein sehr talentierter Südfranzose, den sich der Nazi-Bonze nach dem Sieg über Frankreich nach München geholt hat und der auch schnell Riemer Bahn-Champion wurde. Manche seiner Landsleute haben in ihm nun offenbar einen Kollaborateur gesehen. Ein Wagen fährt an seiner Wohnung vor. Schmährufe ertönen. Rosso nimmt ein paar Blumenstöcke vom Fensterbrett und schleudert sie auf die schimpfenden Landsleute. Einer zieht den Revolver und trifft ihn tödlich. Schnell braust die Gruppe wieder davon.

Am 10. Februar 1946 öffnet die Bahn in Daglfing wieder ihre Pforten, am folgenden Ostermontag Riem. Ich bin natürlich dabei und stelle fest, dass bei den Vierbeinern die Entnazifizierung bereits abgeschlossen ist. Hat sich während des Krieges noch ein Traberbesitzer veranlasst gesehen, seinen »Clark Gable« in »Goswin« umzutaufen, so heißt zum Beispiel der frühere »Angreifer« jetzt »Joda«. Ähnlich sieht es bei den Galoppern aus, wo etwa aus dem »Offensivgeist« ein »Olymp«, aus der »Majorin« eine »Majolica« – und aus dem »Endsieg« der »Endspurt« wurde.

München lernt wieder lachen

Das Münchner Nachkriegs-Kulturleben beginnt – noch vor jeder Theater- oder Konzertaufführung – mit Kabarett. Bereits im Juli 1945 kann ich mit den Eltern im Schauspielhaus eine von Otto Osthoff inszenierte Revue besuchen mit Chansons, die in den vergangenen zwölf Jahren verboten waren, dazu Tanznummern zu amerikanischen Rhythmen, präsentiert vom großen Harald Kreuzberg, und ein paar Sketche.

Im Herbst läuft mir in der Schaubude an der Reitmorstraße eine Gänsehaut über den Rücken, als Ursula Herking in der Rolle einer Flüchtlingsfrau Erich Kästners »Marschlied 1945« schmettert: »Ich hab' ja den Kopf noch fest auf dem Hals!«. Und im Winter lerne ich im »Bunten Würfel«, dem neuen Kabarett in einem ehemaligen Kino an der Ecke Preysing-/Wörthstraße, Altstars wie die »Berliner Schnauze« Claire Waldoff kennen, die sich mit ihrem Chanson »Herrmann heeßt er« bei Göring und Co. unbeliebt gemacht hatte, oder künftige Stars wie den damals noch zaundürren Gert Fröbe, der sich in der Filmwelt später vom »Otto Normalverbraucher« bis zum »Goldfinger« hinaufspielen wird. Ebenso Fred Rauch, den späteren »Mister Wunschkonzert« des Bayerischen Rundfunks. Er präsentiert sein neues Couplet »Lernen Sie Englisch, oder können Sie's schon? / Ich bin jetzt grad bei der fünften Lektion. / Wenn Sie zu mir in den Englischkurs gehen, / dann werden Sie bald alles sehr leicht verstehn; / dann brauchen S' koan Dolmetscher mehr, / denn Englisch is gar ned so schwer ...«

Die Kleinkunstbühne nennt ihr erstes Programm denn auch »München lernt wieder lachen«. Eine höchst kurzweilige Unterrichtsergänzung zu meinem normalen Schulpensum, finde ich.

Nachwort

Bestimmt der Zufall, was an der Angel des Gedächtnisses hängen bleibt, wenn sie in der eigenen Vergangenheit fischt? Für die eine oder andere Situation mag das zutreffen. Ein ganzes Bündel von Kindheits- und Jugenderinnerungen aber ergibt doch wohl mehr als ein Zufallsprodukt. Was dieses Buch betrifft, so hoffe ich, gilt dies selbst dann, wenn manche zeittypische eigene Wahrnehmung unerwähnt blieb, weil ich sie vergessen, mit mehr oder weniger Bedacht weggelassen oder gar verdrängt habe. Letzteres gesteht sich ein Autor natürlich nicht gern ein.

Mit einer Kombination von persönlichen Erlebnissen, subjektiven Eindrücken und Einschätzungen habe ich versucht, ein Bild vom Münchner Alltagsleben im Schatten des Hakenkreuzes nachzuzeichnen – so, wie es sich mir aus dem Blickwinkel des Heranwachsenden damals erschlossen hat. So ist dieses Buch gedacht als kleine Ergänzung der zum Thema »Hauptstadt der Bewegung« zwar längst reichlich vorhandenen Dokumentationen, die jedoch häufig vor allem die Ergebnisse reiner Archivarbeit ausbreiten. Besonders den Jahrgängen, denen die »Gnade der späten Geburt« zuteil wurde, könnte deshalb mein Unterfangen eine bisher von ihnen noch nicht so sehr wahrgenommene Sicht auf die Atmosphäre im Nazi-Regime und in der Zeit kurz nach dessen Ende eröffnen.

Ist es schon generell nicht leicht, sich in eine Zeit zu versetzen, in der man selbst noch nicht gelebt hat, so erschwert es den klaren Blick zurück erst recht, wenn eine jüngere Generation an einer großen Schuld der älteren zu tragen hat, wenn es also ein Blick zurück im Zorn ist. Nicht selten gerät dabei die Erkenntnis außer Acht, dass diese Väter und Mütter auch zu einer betrogenen Generation gehörten, die auf eine Art und Weise in Versuchung geführt und unter Druck gesetzt wurde, die ihren Kindern und Enkeln Gott sei Dank erspart geblieben ist.

Bei Kriegsbeginn im September 1939 war ich acht Jahre alt. Groß genug, um in diesen Tagen schon mehr zu empfinden als Bedauern über das abgesagte Oktoberfest, doch noch zu jung, um später persönlich Rechenschaft darüber ablegen zu müssen, was wir Deutschen in der Welt angerichtet haben. Meine engere Familie und ich durften den Krieg unbeschadet überstehen. Mich hatten die Erlebnisse meiner Kinder- und frühen Jugendjahre auf eine Weise geprägt, die mich den Einmarsch der Amerikaner am 30. April 1945 als »die« befreiende Zeitenwende empfinden ließ. Noch heute wüsste ich für mich kein wichtigeres politisches Datum zu nennen. Den Jahren in der NS-Diktatur verdanke ich immerhin eine meiner wichtigsten Erkenntnissse fürs Leben, die da lautet: Wehret jeglichen Anfängen politischer Radikalität – auch, wenn sich dabei jemand noch so sehr auf Ideale beruft, an die er vielleicht sogar wirklich selbst glaubt! Duldsamkeit in solchen Fällen gereicht einer parlamentarischen Demokratie nicht zur Ehre, sondern setzt sie einer existenzgefährdenden Belastung aus. Nicht Nachsicht, sondern Voraussicht und rechtzeitige Entschlossenheit sind da das Gebot der Stunde. Schließlich haben die Ereignisse in der ersten Hälfte des 20. Jahrhunderts den Beweis geliefert, dass eine skrupellose, gut organisierte Minderheit ein ganzes Volk in ihren eisernen Griff bekommen kann. Erwerben, so glaube ich, konnte ich mir durch meine frühen Eindrücke gerade auf diesem Gebiet auch eine Witterung für Fanatiker, Machtmenschen und Intriganten. Und ich lernte erkennen, wie lebenswichtig in dramatischen Situationen Gelassenheit sein kann, um die ich mich auch später ein Leben lang bemüht habe.

Stichworte zu den Münchner Jahren 1933–1945

1933

München hat 735 388 Einwohner. Bei den Reichstagswahlen am 5. März wählen 37 Prozent der Stimmberechtigten die NSDAP. Am 9. März hissen die Nazis auf dem Rathaus die Hakenkreuzfahne und bilden eine aus SA- und SS-Leuten bestehende Hilfspolizei. Am 22. März wird der gewählte Oberbürgermeister Karl Scharnagl zum Rücktritt gezwungen, Stadträte, die den neuen Kurs nicht mitmachen, werden aus dem Rathaus geprügelt. Kommissarischer Oberbürgermeister ist jetzt der bisherige NSDAP-Stadtrat Karl Fiehler. Dessen offizielle Ernennung zum Oberbürgermeister erfolgt dann am 20. Mai. Ab Juli besteht der Münchner Stadtrat nur noch aus Nationalsozialisten. Hitler legt den Grundstein zum »Haus der Deutschen Kunst« und enthüllt an der Feldherrnhalle ein Mahnmal zum Gedenken an die Toten des Putsches von 1923.

1934

Im Zusammenhang mit dem sogenannten »Röhm-Putsch« lässt Hitler in Stadelheim nicht nur den Stabschef der SA, Ernst Röhm und weitere ihm gefährlich erscheinende SA-Mitglieder ermorden, sondern unter anderen auch regimekritische Männer wie den ehemaligen bayerischen Generalstaatskommissar Gustav von

Kahr oder den katholischen Publizisten Fritz Gerlich. Erste Luftschutzübungen mit Aufruf zur Speicher-Entrümpelung. Bau der Mustersiedlung Ramersdorf mit 192 Eigenheimen, entworfen von dem Architekten Guido Harbers. Am 21. März erster Spatenstich zur Reichsautobahn München-Salzburg. Die päpstliche Nuntiatur wird aufgehoben und nach Berlin verlegt. In das Gebäude Brienner Straße 15 zieht der »Stellvertreter des Führers« Rudolf Heß mit seinem Stab ein. SS-Standartenführer Oskar Walleck wird Intendant der Staatsoper und bleibt es bis 1937. Das Prinzregententheater erhält den Titel »Theater des Volkes«, der sich aber bei den Münchnern nicht durchsetzt.

1935

München hat nunmehr 742000 Einwohner. Hitler erklärt München zur »Hauptstadt der Bewegung«. Die »Ehrentempel« am Königsplatz für die 16 Toten des Hitler-Putsches von 1923 werden errichtet. Der bisherige Königsplatz wird umbenannt in »Königlicher Platz« und erhält einen Granitplatten-Belag. Die Münchner nennen ihn jetzt spöttisch »Plattensee«. Fertigstellung des Kongresssaals im Deutschen Museum (Architekt German Bestelmeyer). Die Münchner Verkehrspolizei erhält weiße Uniformen. Teilstrecke der Autobahn München-Salzburg bis Holzkirchen und Neubau der Ludwigsbrücke fertiggestellt. Georg Britting erhält den Literaturpreis der Stadt. Großer Festzug »125 Jahre Oktoberfest«. Der Münchner Hans Schwarz wird Europameister im Boxen.

1936
Ein neues offizielles Münchner Stadtwappen mit Münchner Kindl und Hakenkreuz wird eingeführt, entworfen von Richard Klein. SS-Gruppenführer Karl Freiherr von Eberstein wird Münchner Polizeipräsident. Im Mai findet die erste große Luftschutz-Übung mit Verdunkelung statt. Die »Führerbauten« entlang der Arcisstraße werden fertiggestellt (Architekt Paul Ludwig Troost). Erwin Guido Kolbenheyer erhält den Literaturpreis der Stadt. Der Dirigent Hans Knappertsbusch, der dem neuen Regime nicht genehm ist, wird als Generalmusikdirektor entlassen. Sein Nachfolger wird Clemens Krauss. Bei den Garmischer Olympischen Winterspielen im Februar gibt es Goldmedaillen für Maxi Herber und Ernst Baier im Eiskunst-Paarlauf. Bei den Sommerspielen in Berlin gewinnen Gisela Mauermayer im Diskuswerfen, Ernst Krebs im Kajak-Einer, sowie Immo Stangl und Julie Knabel im Kunstturnen Goldmedaillen. Silbermedaillen gibt es für Wolfgang Ehrl im Freistilringen, Josef Hauser im Wasserball und Ludwig Bleisiegel im Hockey.

Aus Anlass des Jubiläums »500 Jahre Pferderennen in Deutschland« kreiert Ratsherr Christian Weber in seiner Eigenschaft als Präsident des Münchener Rennvereins das dann jährlich – zum letzten Mal am 16. August 1944 – in Riem gelaufene »Braune Band von Deutschland«. Mit jeweils 100 000 Reichsmark dotiert, war es das wertvollste internationale Galopprennen Deutschlands. Im Tierpark Hellabrunn wird die Menschenaffenstation eröffnet.

1937

Erstmals findet vom 16. bis 20. Juli der »Tag der Deutschen Kunst« statt. In diesem Rahmen wird auch das »Haus der Deutschen Kunst« (Architekt Paul Ludwig Troost) eingeweiht. Die »Große deutsche Kunstausstellung«, eröffnet mit einer Rede Adolf Hitlers. Dazu finden ein Festzug »2000 Jahre deutsche Kultur« und verschiedene Künstlerfeste statt. Gleichzeitig eröffnet in den Hofgartenarkaden an der Galeriestraße die Ausstellung »Entartete Kunst«. Im November eröffnet Reichspropagandaminister Joseph Goebbels die Ausstellung »Der ewige Jude« im Deutschen Museum. Rudolf Hartmann wird Staatsoperndirektor. Das Gärtnerplatztheater wird nach Umbauarbeiten als »Staatsoperette am Gärtnerplatz« mit der »Fledermaus« wiedereröffnet. Neuer Intendant ist Fritz Fischer, musikalischer Leiter Peter Kreuder. Pater Rupert Mayer wird zu fünf Monaten Haft und anschließendem Predigtverbot verurteilt, weil er öffentlich die kirchenfeindliche Politik der Nazis anprangert.

1938

Unterzeichnung des »Münchner Abkommens« zur Eingliederung des Sudetenlands ins Deutsche Reich im »Führerbau« an der Arcisstraße 12 durch Chamberlain, Daladier, Mussolini und Hitler. Die Synagoge an der Herzog-Max-Straße und die evangelische Matthäuskirche in der Sonnenstraße werden auf Befehl von Gauleiter Adolf Wagner »aus städtebaulichen Gründen« abgebrochen. Vom 8. auf den 9. November werden in der sogenannten »Reichskristallnacht« zahlreiche jüdische

Geschäfte zerstört und Gewalttaten gegen jüdische Mitbürger begangen; in diesem Zusammenhang wird auch die Synagoge an der Herzog-Rudolf-Straße in Brand gesteckt. U-Bahn-Baubeginn in der Lindwurmstraße. Eröffnung des Jagdmuseums im Nordflügel von Schloß Nymphenburg. Richtfest für den Flughafen Riem. Den Literaturpreis der Stadt erhält Alfons von Cibulka. Alexander Golling wird Intendant des Staatsschauspiels.

1939

Die Einwohnerzahl ist auf 815 212 gestiegen. Juden wird in München der Besuch öffentlicher Faschingsveranstaltungen verboten. Sie müssen auch ihre Radiogeräte abliefern. Mit Ausbruch des 2.Weltkriegs am 1. September besteht Verdunkelungspflicht. Das bereits aufgebaute Oktoberfest wird abgesagt und lebt erst 1949 wieder auf. Die ersten Splittergräben auf öffentlichen Plätzen entstehen. Erste Straßensammlung für das Winterhilfswerk. Missglücktes Sprengstoffattentat auf Hitler am 9. November im Bürgerbräukeller durch Johann Georg Elser, einen gelernten Möbelschreiner aus der Steinheilstraße in der Maxvorstadt. Eröffnung des Flughafens Riem. Der Münchner Rennfahrer Schorsch Meier gewinnt – noch vor Kriegsbeginn – als erster Ausländer überhaupt mit seiner 500-ccm-BMW die englische Tourist-Trophy. Karl Valentin eröffnet im Färbergraben ein eigenes Lokal: die »Ritterspelunke«.

1940

Ein erster Luftangriff auf München durch britische Bomber am 5. Juni richtet nur Sachschäden an, darunter ein Stück Dach des Alten Rathauses. Allen Juden werden ihre Telefonanschlüsse gekündigt. Aus der Nervenanstalt in Haar werden 25 Patienten als erste Euthanasieopfer abtransportiert. Städtisches Altersheim an der Ruemannstraße fertiggestellt; Baubeginn des Städtischen Nordbades an der Schleißheimer Straße (beide Architekt Karl Meitinger). Die erste automatische Ampelanlage löst am Marienplatz den Verkehrsschutzmann ab. Zwischen Kurfürstenplatz und Ostbahnhof sowie Steinhausen und Flughafen Riem verkehren die ersten Doppeldecker-Autobusse. Liesl Karlstadt trennt sich von ihrem langjährigen Partner Karl Valentin und wird erst nach dem Krieg nochmals gemeinsam mit ihm auftreten.

1941

Nach dem Flug von Rudolf Heß nach England ernennt Hitler Martin Bormann, der um diese Zeit in der Maria-Theresia-Straße 26 wohnt, zu seinem neuen Stellvertreter. Vom 1. September an müssen alle Juden gelbe Davidssterne tragen und dürfen auch keine öffentlichen Telefonzellen mehr benützen. Errichtung eines Barackenlagers für jüdische Zwangsarbeiter in der Knorrstraße 148. Vom nahe gelegenen Güterbahnhof Milbertshofen aus startet am 20. November, noch vor Tagesanbruch, der erste Sammeltransport mit 980 Münchner Juden – Ärzten und Anwälten, Beamten und Künstlern, Handwerkern, Hausfrauen und Kindern – angeblich in die lettische Hauptstadt Riga. Doch bereits im litauischen Kaunus (vormals Kowno) bringt man die Deportierten in eine alte Festungsanlage, wo sie alle von der SS mit Maschinengewehren niedergemetzelt werden. An die Münchner ergeht ein Appell, ihre Bergausrüstungen abzuliefern. Mehr als 43 000 Brettl sowie fast 7000 Ski- und Bergschuhe kommen zusammen. Der U-Bahn-Bau in der Lindwurmstraße wird wieder eingestellt. Gauleiter Wagner lässt die Kruzifixe aus den Schulräumen entfernen. Der Dichterpreis der Stadt geht an Ludwig Friedrich Barthel.

1942
Die Einwohnerzahl hat sich auf 863 384 erhöht. Vom 28. auf den 29. August findet der erste schwerere Luftangriff auf die Stadt mit vielen Brandschäden und einem Todesopfer statt. 144 Tote und rund 500 Verletzte gibt es beim nachfolgenden Angriff am 20. September, der die Serie von Großangriffen einleitet. Paul Giesler wird Nachfolger des erkrankten Gauleiters Adolf Wagner und führt auch die Geschäfte des verstorbenen bayerischen Ministerpräsidenten Ludwig Siebert. Im Stadtgebiet entstehen mehrere öffentliche Luftschutzbunker. Im Bürgerbräukeller hält Adolf Hitler am 8. November seine »Stalingrad-Rede« vor den »Alten Kämpfern«. Die Widerstandsgruppe »Weiße Rose« bildet sich. Der Dichterpreis der Stadt geht an Richard Billinger. Der TSV 1860 wird erstmals Deutscher Fußballmeister.

1943
Mit 889 000 Menschen registriert die Stadt ihre bisher höchste Einwohnerzahl. Bei den Luftangriffen werden u. a. Nationaltheater und Deutsches Theater schwer beschädigt oder völlig zerstört; ebenso Staatsbibliothek, Staatsgalerie und Braunes Haus. Das Kolosseum wird Ausweichquartier des Deutschen Theaters. Als Nach-

folger von Karl Freiherr von Eberstein wird SS-Brigadeführer Hans Plesch neuer Münchner Polizeipräsident. Am 18. Februar werden die Geschwister Hans und Sophie Scholl beim Verteilen von Flugblättern im Lichthof der Ludwig-Maximilians-Universität vom Hausmeister gesehen, der Gestapo gemeldet und festgenommen. Der Volksgerichtshof, der unter dem Vorsitz von Roland Freisler im Justizpalast tagt, verurteilt sie zusammen mit Christoph Probst am 22. Februar wegen Hochverrats zum Tode. Das Urteil wird noch am gleichen Tag vollstreckt. Wilhelm Weigand erhält den Dichterpreis der Stadt. Kardinal Faulhaber protestiert in St. Michael gegen den Massenmord an den Juden in Europa. Auch die Bekenntnissynode der evangelischen Kirche verurteilt die Tötung von Menschen aus Alters-, Krankheits- oder Rassegründen.

1944

Münchens Einwohnerzahl sinkt auf 630000. Zerstört oder schwer beschädigt werden im Lauf des Jahres bei 27 Tages- und Nachtangriffen u. a. Peterskirche, Residenz und Residenztheater, Gärtnerplatztheater, Völkerkundemuseum, Odeon, Kolosseum, Waisenhaus (über 40 Tote), Chinesischer Turm und die beiden Pinakotheken. Im September werden alle Theater geschlossen, die Künstler dienstverpflichtet. Nach einer Messe im Juli 1944 in der Bogenhauser Sankt Georgskirche wird Pater Delp von der Gestapo verhaftet und 1945 in Berlin-Plötzensee gehängt. Ebenso wie Delp werden auch der Bogenhauser Stadtkaplan Josef Wehrle, Major Ludwig Freiherr von Leonrod, der in Bogenhausen lebende ehemalige bayerische Gesandte Franz Sperr und der aus München stammende Oberst im Generalstab, Ritter Mertz von Quirnheim im Zusammenhang mit den Vorgängen um den 20. Juli hingerichtet. Am 28. Juli Eröffnung der letzten »Großen Deutschen Kunstausstellung« im »Haus der Deutschen Kunst«. Im August letztes Auftreten vom Weiß Ferdl im Platzl. Auf der Theresienwiese geht mit einem letzten Renntag am 2. Juli die 1810 begründete Tradition der alljährlichen Wiesn-Rennen zu Ende. 1914 schon einmal abgebrochen, war sie auf Initiative des Nazi-Ratsherrn Christian Weber 1934 wieder aufgenommen worden. Nach dem Bau einer ständigen kleinen Rennbahn mit feststehenden Tribünen im Südostteil der Theresienwiese wurden dort von 1938 an auch außerhalb der Oktoberfestzeit und in den Kriegsjahren Galopp- und Trabrennen abgehalten.

1945

Bei weiteren 31 Luftangriffen bis zum Einmarsch der Amerikaner am 30. April erleidet München schwere Schäden und hohe Verluste. Am 20. März findet die letzte Sitzung des NS-Stadtrats statt. Die »Freiheitsaktion Bayern« unter Hauptmann Rupert Gerngroß besetzt am 28. April die Münchner Sender, ruft zur Kapitulation und zur »Jagd auf die Goldfasane« auf (Symbol für die Nazi-Bonzen in ihren hellbraunen Uniformen). Das Unternehmen scheitert zwar – einige Mitglieder der Aktion finden noch den Tod – es bewirkt aber eine weitestgehend friedliche Einnahme der Stadt. Bei Kriegsende hat München nur mehr 478 947 Einwohner, am Jahresende bereits wieder 676 499. 6242 Menschen fanden bei Luftangriffen den Tod, rund

300 000 wurden obdachlos. Nur 200 Münchner Juden haben die Verfolgungszeit überlebt. 45 Prozent der Bausubstanz ist zerstört.

Am 30. April marschieren die Amerikaner ein. Tausende von Privatwohnungen und 1130 öffentliche Gebäude werden beschlagnahmt. Am 3. Mai stöbern US-Offiziere Karl Scharnagl in einem Dorf bei Glonn auf und holen ihn als kommissarischen Oberbürgermeister nach München. US-Stadtkommandant ist Oberst Eugene Keller. Am 11. Mai nimmt Radio München wieder den Betrieb auf. Am 18. Mai gibt die VI. Alliierte Heeresgruppe eine »Bayerische Landeszeitung« heraus«, die drei Wochen später den Titel »Münchner Zeitung« erhält.

Am 26. Mai sind Trambahn und Hilfsbahn wieder in Betrieb. Noch im Mai Gründung einer »German Police«, bestehend aus ehemaligen, aber politisch nicht belasteten Münchner Polizisten. Als »Uniform« dient eine weiße Armbinde, ein Holzknüppel als Waffe. Von 143 Morden, die man in diesem Jahr in der Stadt registriert, können nur 45 aufgeklärt werden. 206 Münchner nehmen sich das Leben. Im Juni werden zum ersten Mal Lebensmittelkarten ohne aufgedrucktes Hakenkreuz ausgegeben.

Der Autor

Franz Freisleder wurde 1931 in München geboren. Nach dem Abitur studierte er Zeitungswissenschaft, Theaterwissenschaft und Volkswirtschaft an der LMU. Seit 1955 schreibt er für die Süddeutsche Zeitung, deren Münchner Teil er von 1970 bis 1996 leitete. Von 1991 bis 1996 Chefredakteur der SZ-Wochenbeilage »Münchner Stadtanzeiger«. Bereits als Student verfasste er Couplet-Texte für die »Weißblaue Drehorgel« des Bayerischen Rundfunks, später auch Gedichte für die Sendereihe »Bairisch Herz«. In den achtziger und neunziger Jahren gestaltete er weit über 100 Moderationen und informative Plaudereien zu spezifisch weißblauen Themen im BR-Hörfunk. Auch im Bayerischen Fernsehen war er mit Mundartbeiträgen vertreten, vor allem in den Sendereihen »Bayerische Raritäten in Vers und Prosa« und »Abendschau extra«. Franz Freisleder hat 14 Bücher über Land und Leute, Zeit- und Jahreszeiterscheinungen in Bayern geschrieben. Die dritte, erweiterte Auflage seiner »Bayerischen Gschicht im Gedicht«, 2011 erschienen, umfasst jetzt die Spanne von der Eiszeit bis zur Amtszeit Horst Seehofers. Franz Freisleder wurde u. a. mit dem Bayerischen Verdienstorden, den Bundesverdienstkreuzen 1. Klasse und am Band, der Goldenen Verdienstmedaille des Bezirks Oberbayern und der Medaille »München leuchtet« in Silber ausgezeichnet. Die Landeshauptstadt München ehrte ihn auch mit dem Tukan-Preis. Seine Turmschreiber-Kollegen verliehen ihm den Bayerischen Poetentaler. Für einen kommunalpolitischen Leitartikel zur Situation Münchens erhielt er 1989 den Theodor-Wolff-Preis.